名家名篇经典阅读

MINGJIA MINGPIAN JINGDIAN YUEDU

实践与梦想

《开学第一课》编写组　编

吉林出版集团　时代文艺出版社

图书在版编目（CIP）数据

实践与梦想 /《开学第一课》编写组 编. 一长春：时代文艺出版社，2012.1
（中央电视台“开学第一课”全国中学生“超越梦想”选读精品）

ISBN 978-7-5387-3947-3

Ⅰ. ①实… Ⅱ. ①开… Ⅲ. ①世界文学—作品综合集 Ⅳ. I11

中国版本图书馆CIP数据核字（2011）第273768号

出品人 陈 琛
选题策划 苗欣宇
责任编辑 苗欣宇 田 野
装帧设计 孙 俪
排版制作 高 阳

实践与梦想
《开学第一课》编写组 编

出版发行 / 吉林出版集团 时代文艺出版社
地址 / 长春市泰来街1825号 吉林出版集团 时代文艺出版社 邮编 / 130011
总编办 / 0431-86012927 发行科 / 0431-86012939
网址 / www.shidaichina.com
印刷 / 三河市万龙印装有限公司
开本 / 700×980毫米 1/16 字数 / 178千字 印张 / 12
版次 / 2012年4月第1版 印次 / 2012年4月第1次印刷 定价 / 20.00元

本书作品版权由 北京版权代理有限责任公司 代理
地址 / 北京市海淀区知春路23号量子银座1403室 电话 / 010-82351004
图书如有印装错误 请寄回印厂调换

CONTENTS

目录

我的几个先生

巴　金

我接到了你的信函，这的确是意外的，然而它使我更高兴。不过要请你原谅我，我失掉了你的通信地址，没法直接寄信给你，那么就让我在这里回答你几句，我相信你能够看见它们。那天我站在开明书店的货摊旁边翻看刚出版的《中流》半月刊创刊号，你走过来问我一两件事，你的话很短，但是那急促而颤抖的声音却达到了我的心的深处。我和你谈了几句话，我买了一本《中流》，你也买了一本。我看见你到柜上去付钱，我又看见你匆匆地走出书店，我的眼前还现着你的诚恳的面貌。我后来才想起我忘记问你的姓名，我又因为这件事情而懊恼了。

第二天意外地来了你的信，你一开头就提起《我的幼年》这篇文章，你说了一些令人感动的话。朋友，我将怎样回答你呢？我的话对你能够有什么帮助呢？我的一番话并不能够解除谁的苦闷；我的一封信也不能够给谁带来光明。我不能说："我是世界的光，跟从我的就不在黑暗里走，必须得着生命的光。"因为我是一个平凡到极点的人。

朋友，相信我，我说的全是真话。我不能够给你指出一条明确的路，叫你马上去交出生命。你当然明白我们生活在什么样的时代，处在什么样的环境；你当然知道我们说一句什么样的话，或者做一件什么样的事，就会有什么样的结果。要交出生命是很容易的事情，但是困难却在如何使这生命像落红一样化着春泥，还可以培养花树，使来春再开出灿烂的花朵。这一切你一定比我更明白。路是有的，到光明去的路就摆在我们的面前，不过什么时候才能够达到光明，那就是问题了。这一点你一定也很清楚。路你自己也会找到。这些都用不着我来告诉你。但是对于你的来信我觉得我仍然应该写几句回答的话。你谈起我的幼年，你以为你比从前更了解我，你说我说出了你很久就想说而未说出的话，你告诉我你读我的《家》读了一个通夜，你在书里见到你自己的面影——你说了那许多话。你现在完全知道我是在怎样的环境里长成的了。你的环境和我的差不多，所以你容易了解我。

我可以坦白地说，《我的幼年》是一篇真实的东西。然而它不是一篇完整的文章，它不过是一篇长的作品的第一段。我想写的事情太多了，而我的拙劣的笔却只许我写出这么一点点。我是那么仓促地把它结束了的。现在我应该利用给你写信的机会接着写下去。我要来对你谈谈关于我的先生的话，因为你在来信里隐约地问起“是些什么人把你教育成了这样的”。

在给香港朋友的信里，我说明了“是些什么东西把我养育大的”。现在我应该接着来回答“是什么人把我教育成了这样的”这个问题了。这些人不是在私塾里教我识字读书的教书先生，也不是在学校里授给我新知识的教员。我并没有受到他们的什么影响，所以我很快地忘记了他们。给了我较大影响的还是另外一些人，倘使没有他们，我也许不会成为现在这个样子。

我的第一个先生就是我的母亲。我已经说过使我认识“爱”字的是她。在我幼小的时候，她是我的世界的中心。她很完满地体现了一个“爱”字。她使我知道人间的温暖；她使我知道爱与被爱的幸福。她常常用温和的口气，对我解释种种的事情。她教我爱一切的人，不管他们贫或富；她教我帮助那些在困苦中需要扶持的人；她教我同情那些境遇不好的婢仆，怜恤他们，不要把自己看得比他们高，动辄将他们打骂。母亲自己也处过不少的逆境。在大家庭里做媳妇，这苦处是不难想到的。《家》里面有一段关于母亲的话，还是从大哥给我的信里摘录下来的：“她又含着眼泪把她嫁到我们家来做媳妇所受的气一一告诉我。……爹以过班知县的身份进京引见去了。她在家里日夜焦急地等着……这时爹在北京因验看被驳，陷居京城。消息传来，爷爷时常发气，家里的人也不时揶揄。妈心里非常难过。……她每接到爹的信总要流一两天的眼泪。”但是母亲从不曾在我的眼前淌过泪，或者说过什么悲伤的话。她给我看见的永远是温和的、带着微笑的脸。我在一篇短文里说过："我们爱夜晚在花园上面天空中照耀的星群，我们爱春天在桃柳枝上鸣叫的小鸟，我们爱那从树梢洒到草地上面的月光，我们爱那使水面现出明亮珠子的太阳。我们爱一只猫，一只小鸟。我们爱一切的人。"这个爱字就是母亲教给我的。

因为受到了爱，认识了爱，才知道把爱分给别人，才想对自己以外的人做一些事情。把我和这个社会联起来的也正是这个爱字，这是我的全性格的根柢。

因为我有这样的母亲，我才能够得到允许(而且有这种习惯)和仆人、轿夫们一起生活。我的第二个先生就是一个轿夫。

轿夫住在马房里，那里从前养过马，后来就专门住人。有三四间窄小的屋子。没有窗，是用竹篱笆隔成的，有一段缝隙，可以透进一点阳光，每间房里只能放一张床，还留一小块地方做过道。轿夫们白天在外面奔跑，晚上回来在破席上摆了烟盘，把身子缩成一堆，挨着鬼火似的灯光慢慢地烧烟泡。起初在马房里抽大烟的轿夫有好几个，后来渐渐地少了。公馆里的轿夫时常更换。新来的年轻人不抽烟，境遇较好的便到烟馆里去，只有那个年老瘦弱的老周还留在马房里。我喜欢这个人，我常常到马房里去，躺在他的烟灯旁边，听他讲种种的故事。他有一段虽是悲痛的却又是丰富的经历。他知道许多、许多的事情，他也走过不少的地方，接触过不少的人。他的老婆跟一个朋友跑了，他的儿子当兵死在战场了。他孤零零地活着，在这个公馆里他比谁更知道社会，而且受到这个社会不公平的待遇。他活着也只是痛苦地捱日子。但是他并不憎恨社会，他还保持着一个坚定的信仰：忠实地生活。用他自己的话来说："火要空心，人要忠心。"他这"忠心"并不是指奴隶般地服从主人。他的意思是忠实地依照自己的所信而活下去。他的话和我的母亲的话完全两样。他告诉我的都是些连我母亲也不知道的事情。他并不曾拿"爱"字教我。然而他在对我描绘了这个社会的黑暗面，或者叙说了他自己的悲痛的经历以后，就说教似的劝告我："要好好地做人，对人要真实，不管别人待你怎样，自己总不要走错脚步。自己不要骗人，不要亏待人，不要占别人的便宜……"我一面听他这一类的话，一面看他的黑瘦的脸，陷落的眼睛和破衣服裹住的瘦得见骨的身体，我看见他用力从烟斗里挖出烧过两次的烟灰去拌新的烟膏，我心里一阵难受，但是以后禁不住想是什么力量使他到了这样的境地还说出这种话来！马房里还有一个天井，跨过天井便是轿夫们的饭厅，也就是他们的厨房。那里有两个柴灶。他们做饭的时候，我常常跑去帮忙他们烧火。我坐在灶前一块石头上，不停地把干草或者柴放进灶孔里去。我起初不会烧火，看看要把火弄灭了，老周便把我拉开，他用火钳在灶孔里弄几下，火就熊熊地燃了起来。他放下火钳得意地对我说："你记住，火要空心，人要忠心。"的确，我到今天还记得这样的话。

我从这个先生那里略略知道了一点社会情况。他使我知道在家庭以外还有所谓社会，而且他还传给我他那种生活态度。日子一天天像流星似的过去。我渐渐地长大起来。我的脚终于跨出了家庭的门限。我认识了一些朋友，我也有了新的经历，在这些朋友中间我找到了我的第三个先生。

我在一篇题作《家庭的环境》的回忆里，曾经提到对于我的智力的最初发展有帮助的两个人，那就是我的大哥和一个表哥。我跟表哥学过三年的英文；大哥买了不少的新书报，使我能够贪婪地读它们。但是我现在不把他们列在我的先生里面，因为我在这里说的是那些在生活态度上(不是知识上)给了我很大的影响的人。

在《我的幼年》里，我叙说过我怎样认识那些青年朋友。这位先生就是那些人中间的一个。他是《半月》的一个编辑，我们举行会议时总有他在场；我们每天晚上在商场楼上半月报社办事的时候，他又是最热心的一个。他还是我在外国语专门学校的同学，班次比我高。我刚进去不久，他就中途辍了学。他辍学的原因是要到裁缝店去当学徒。他的家境虽不宽裕，可是还有钱供他读书。但是他认为"不劳动者不得食"，说"劳动是神圣的事"。他很喜欢当时一个流行的标语："人的道德为劳动与互助：惟劳动乃能生活；惟互助乃能进化。"他为了使他的言行一致，毅然脱离了学生生活，真的跑到一家裁缝店规规矩矩地行了拜师礼，订了当徒弟的契约。每天他坐在裁缝铺里勤苦地学着做衣服，傍晚下工后才到报社来服务。他是一个近视眼，又是初学手艺，所以每晚他到报社来的时候，手指上密密麻麻地满是针眼。他自己倒高兴，毫不在乎地带着笑容向我们叙述他这一天的有趣的经历。我们不由得暗暗地佩服他。他不但这样，同时还实行素食。我们并不赞成他的这种苦行，但是他实行的毅力和刻苦的精神却使我们齐声赞美。

他还做过一件使我们十分感动的事，我曾把它写进了我的小说《家》。事情是这样的：他是《半月》的四个创办人之一，他担负大部分的经费。刊物每期销一千册，收回的钱很少。同时我们又另外筹钱刊印别的小册子，他也得捐一笔钱。这两笔款子都是应当按期缴纳不能拖延的。他家里是姐姐管家，不许他“乱用”钱。他找不到钱就只好拿衣服去押当，或是当棉袍，或是当皮袍。他怕他姐姐知道这件事，他出去时总是把拿去当的衣服穿在身上，走进了当铺以后才脱下来。当了钱就拿去缴月捐。他常常这样办，所以他闹过热天穿棉袍的笑话，也有过冬天穿夹袍的事情。

我这个先生的牺牲精神和言行一致的决心，以及他不顾一切毅然实行自己主张的勇气和毅力，在我的生活里留下了不可磨灭的影响。我第一次在他的身上看见了信仰所开放的花朵。他使我第一次知道一个人的毅力会做出什么样的事情。母亲教给我“爱”；轿夫老周教给我“忠实”(公道)；朋友吴教给我“自己牺牲”。我虽然到现在还不能够做到像他那样地“否定自己”，但是我的行为却始终受着这个影响的支配。

朋友，我把我的三个先生都简略地告诉你了。你现在大概可以明白是些什么人把我教育到现在这个样子的罢。我自己相当高兴，我毕竟告诉了你一些事情，这封信不算是白白地写了。

工 作

[英] 罗素

工作应该被看作是幸福的源泉，还是不幸的源泉，尚是一个不能确定的问题。确实有很多工作是非常单调沉闷的，工作太重也总是令人痛苦的。然而，在我看来，假使工作在数量上并不过多的话，即使是单调的工作对于大多数人来说也比无所事事要好。按照劳动的性质和劳动者的能力来说，工作确实可以分为各种不同层次，从仅仅是沉闷的放松到最深刻的快乐。很多人都得从事的许多种工作本身并没有多大乐趣，但即使是这种工作也包含着某种极大好处。首先，一个人无需决定什么，工作便可以让他消磨掉一天中的好多时间。有许多人，当他们可以随心所欲地安排自己的时间时，竟然想不出什么够快乐的事值得一做。不管他们决定做什么，他们总感到一定有其它某种更快乐的事可做，这使他们非常苦恼。能够自觉而明智地充实空闲时间是文明的最后产物，但是目前还很少有人能达到这个程度。另外，进行选择本身也是很烦人的。除了特别富于创造性的人以外，很多人都喜欢由别人告诉他一天 中的每个小时该做些什么，只要这命令不是太令人不快。许多有闲的富人感到一种说不出来的烦闷，似乎这是免于苦役的代价一样，有时他们可以在非洲追捕猛兽，或者乘飞机环游世界，从中找到轻松的感觉。但这种感觉的数量是有限的，特别在青春逝去以后。因此之故，许多聪明的富翁简直像穷人一样没日没夜地工作，而有钱的女人，大多忙于难以计数的琐碎小事，似乎她们追求的东西是极端重要的。

因而，工作首先是作为一种解除烦闷的手段而被人们称道的。一个人在从事必要的、但不怎么有趣的工作时，也会感到烦闷，但这种烦闷比较起他整天无所事事所感到的烦闷来，就不值一提了。除此以外，工作还有一个好处，那就是它使得节假日格外充实愉快。假使一个人并无必要拼命工作以至于损及体力的话，他很可能比一个无所事事的人能够在空闲时间里找到更多的热情。

大多数有报酬的工作和部分无报酬的工作所具有的第二个好处是：它给人获取成功和展露雄心的机会。在许多工作中，衡量成功的尺度是收入，而且只要资本主义社会继续存在下去，这就是不可避免的。只有对那种最好的工作，这一尺度才失去其天然的适用性。人们想增加自己收入的愿望，其实就是想获得成功的愿望，想以较多的收入来获得舒适心情的愿望。无论工作本身是多么索然无味，如果它能成为获得声誉的手段，它就会变得可以忍受，不管这声誉是世界性的，还是自己的小圈子里的。目的的持续是幸福长久的最基本的因素之一，对大多数人来说，这主要是在工作过程当中实现的。在这方面，那些终生忙于家务活的女人，比起男子或在外工作的女人来，要不幸得多。家庭的妇女没有工资收入，没有改善自身生活的手段，她之所以受到丈夫的青睐，之所以被他看得重要，不是由于她的家务活（他对此几乎熟视无睹），而是由于其它的方面。当然，这一点并不适用于那些十分能干、能够把房间和花园整修得非常漂亮，以至于引起邻居的嫉妒的家庭妇女。但是这种妇女相对来说太少了，而且她们中的大多数人，从家庭劳动中所获得的乐趣，远不如其他工作给予男人和职业妇女的快乐。

很多工作能给予人们消磨时间和施展哪怕是最微小的抱负的快乐，这一快乐能使从事单调工作的人比无所事事的人幸福得多。但是，当工作充满了乐趣时，它所能给予的满足比仅仅是逃避烦闷的工作所带来的满足，要大得多。多少有些趣味的工作可作一个从上到下的排列。我将从趣味平平的工作开始讲起，到那些值得一个伟人倾其一生的工作为止。

使工作变得有趣的因素主要有两个：一是技能的运用，二是建设性。

每一个获得了某种特殊技能的人，往往乐于运用这种技能，直到它变得不再特殊或者他不再能提高它。这种行为的动机早在儿童时代就已产生：一个能够倒立的男孩，是不愿意用脚立地的。许多工作给人的乐趣，与技巧游戏给人的乐趣不同。律师或政治家的工作，如同打桥牌一样，一定包含了妙不可言的乐趣，当然，这不但包括技能的运用，也包括高明对手的明争暗斗。不过，即使没有这种竞争的因素，仅仅是这些绝技的施展就足以令人乐不可支了。一个能在飞机上表演特技的人，哪怕冒着生命的危险，也会在表演中获得极大的快乐。我猜想，一个干练的外科医生，虽然其工作环境令人不快，但仍然能从其极为成功的手术中获得满足。这种乐趣还可以来自许多并不显眼的劳动，不过强度略差一点。我甚至听说管道工人也喜欢他们的工作，虽然我无缘结识他们。只要习得的技术能不断地变化或不断地得到完善，一切技术性的工作都会是令人愉快的。如果这些条件不具备，那么一旦这件技术变得完美无缺，它便不再能给人带来乐趣。一个万米跑运动员，一旦过了破其纪录的年龄，就再也不会感到这赛跑还有什么乐趣。幸好在相当多的工作中，新的情况需要新的技能和技术，于是一个人便可以不断地、不同程度地对此加以完善。在像政治之类的技术性工作中，工作者的最佳年龄大概在60～70岁之间，因为这类职业的一个非常重要的因素就是见闻广博、阅历丰富。因此，成功的政治家们在70岁时一般比同龄人更幸福些。在这方面，唯一可以与他们相媲美的是那些企业家们。

然而，最佳的工作还有另外一个要素，它比起技能的运用来。，是幸福之源的一个更为重要的因素，这便是建设性。在一些工作中，虽然并不是绝大多数，当事情完成的时候，会留下某种纪念碑似的东西，我们可以用下述标准来区分建设和破坏的差别。在建设中，事情的原初状态相对来说是杂乱无章的，而其终极状态则体现了一种意图和目的；在破坏中，情况正好相反：事情的原初状态体现了一忡意图和目的，而终极状态则显得杂乱无章，也就是说，破坏者的整个意图在于造成一种不体现某个目的的事物状态。这个标准可用于最简单、最显著的例子，即房屋的建造和破坏。在建造一幢房屋的过程中，谁也不能肯定那些建材在拆毁之后会是个什么样子。作为建设之前的破坏诚然是必不可少的步骤之一，在此它是整个建设的一部分。但常见的情况往往是，一个人从事着旨在破坏的活动，而根本没想过随之而来的建设。这种人往往有意隐瞒真实的想法，标榜自己之所以破旧是为了立新。然而如果这真是一个借口，人们要想戳穿它是不难的，你只需问他接下来建造什么就行。面对这一请问，他必定会含糊其词，心虚乏力的。而对于前此的破坏，他却说得头头是道，神采飞扬。不少革命之徒、好战分子和其他暴力鼓吹者，都是如此。他们往往在并不自觉的情况下，被仇恨所驱使；他们所厌恶的破坏实际上是自己的目的；对于继此之后的问题，他们很少关心。现在我不敢否认，在破坏性工作中，如同在建设性工作中一样，也存在着一定的快乐。这是一种更为狂暴的、同时更为短暂的快乐，然而它却不能给人以深深的满足，因为在那种结局中，几乎没有什么使人高兴的东西。你杀死自己的对手，他一死，你也无事可干；如此一来，因胜利而获得的快意满足便很快地消逝了。相反，当建设工作一旦完成，人们会久久地凝望着它，欣喜不已；而且这件工作并非完美无缺，因而不会使人们无事可干。最令人满意的计划，应该是那种能够使人从一个胜利走向另一个胜利、永不到头的计划。从这一方面来看，建设无疑比破坏更是幸福之源。这样说也许更为恰当：那些从建设中寻找到的乐趣，比那些从破坏中找到的乐趣，要更为浓厚持久，因为一旦你内心充满了仇恨，你就不能像别人一样在建设中轻而易举地获得快乐。

而且，几乎没有别的东西能像一件建设性劳动一样，更易于治好仇恨的恶习。

从一种伟大的建设性事业的成功中获得的满足，是生活能够提供的最大快乐，虽然不幸的是，在它的最高的形式上，它只为那些才华超群的人所独有。在一项非常重要的工作中，一个人所获得的成就感是谁也剥夺不了的幸福，除非这项工作最终被证明是低劣的。这类幸福具有多种不同的形式。一个人依靠灌溉规划而使荒地长出绿草，他这时获得的快乐便是最明确的一种。创建一个组织也许是件极为重要的工作，在混乱中确立起秩序的工作的也不例外。少数政治家就为此奉献了毕生的精力。在当代，列宁便是一个典型的榜样。常见的例子是科学家和艺术家。莎士比亚对自己的诗曾作过这样的评价：“只要人们还活着，眼睛还能看，这诗便不会死去。”这种想法当然会使他在不幸中感到宽慰和满足。在他的十四行诗里，莎士比亚强调说，对朋友的思念使他和生活重归于好；但我不得不怀疑，比起那位朋友本身来，这些写给朋友的十四行诗，在促成他与生活和好这一点上，可能更为重要。大艺术家和大科学家做的工作本身就使人愉快，因而当他们进行这种劳动时，他们便能获得可敬者的敬重，它给予他们最基本的权力。他们是有充分的根据标榜自己的出类拔萃的。人们会以为，这种种因素结合起来一定足以使任何人都幸福，然而事实并非如此，例如，米开朗基罗在内心里并不是一个幸福的人，他声称（我敢肯定这不是真诚的）如果不是非得还清那些穷亲戚们的债不可，他绝不会费什么心思去创作艺术品的。创作伟大艺术作品的力量往往——虽然并不总是——与气质上的抑郁联系在一起，这种抑郁是如此之强烈，要是艺术家不能从其工作中获得快乐的话，他一定会被逼上自杀的道路。因而我们不能说，最伟大的作品能使人幸福；我们只能说，它能减轻人的不幸。然而，科学家比艺术家气质上的抑郁要少得多，而且大体上说，那些在科学上作出重大发现的人往往是幸福的，他们的幸福的最初本原就是工作。

在今日的知识界中，不幸的原因之一是，许多人，特别是那些从事文化工作的人，找不到独立运用自己的才能的机会，而只得受雇于由庸人、外行把持的富有公司，被迫制作那些荒诞无聊的东西。如果你去问英国或美国的记者，他们是否相信他们为之奔走的报纸政策，我相信，你会发现只有少数人会相信，其余的人都是为生计所迫，才将自己的技能出卖给自己认为有害无益的事业的。这样的工作不能给人带来任何的满足，并且当他勉为其难地从事这种工作时，他会使自己变得如此玩世不恭，以至于他从任何事物中都不再能够获得完全的满足，我不能指责从事这种工作的人，因为舍此他们便会挨饿，而挨饿是不好受的。不过我还是认为，只要有可能从事一项能满足一个人的建设性本能冲动的工作而无冻馁之虞，那么他最好还是为了自己的幸福去做这种劳动。没有了自尊，便不可能有真正的幸福，而对自己的工作引以为耻的人是没有自尊可言的。

在现实生活中，建设性劳动的快乐是少数人所特有的享受，然而这少数人数并不少。任何人，只要他是自己工作的主人，他便能感到这一点，其他所有的认为自己工作有益且需要相当技巧的人均有同感。培养令人满意的孩子是一件能给人以极大快乐的，但又是艰难的、富于建设性的劳动。凡是取得这方面成就的女性都觉得，由于她辛勤操持的结果，世界才包含了某些有价值的东西，要不是她的劳作，世界就不会有那些东西。

在如何从总体上看待自己的生活这一问题上，人与人之间存在着深刻的差异。对于一些人来说，把生活看做一个整体是很自然的做法，能够做到这一点也是幸福的关键。对于另外一些人来说，生活是一连串并不相关的事件，其间缺乏统一性，其运动也没有方向。我认为前者比后者更易获得幸福，因为前者能够逐渐地为自己营造一个环境，从中他们能够获得满足和自尊，而后者会被命运之风一会儿刮到东、一会儿刮到西，永远找不到一个落脚点。把生活著作一个整体的习惯，不仅是智慧的，而且也是真正道德的重要部分，是应被教育极力倡导的内容之一。始终一贯的目标并不足以使生活幸福，但它是幸福生活的一个几乎不可或缺的条件。而始终一贯的目标，主要体现在工作之中。

一个奇异的梦

冰心

前些日子，我得了一次很重的热病。病中见了一个异象，是真是幻，至今还不能明白。

那一天是下午，我卧在床上。窗帘垂着，廊下的苇帘也放着，窗外的浓荫，绿水般渗透到屋里来。微微的凉风，和着鸟声蝉声，都送到我耳中。我那时的神志，稍微的清醒一些，觉得屋里洁净无尘，清静得很。母亲坐在床沿，一面微笑着和我轻轻的谈话；一面替我理着枕边的乱发，但是脸上却堆着忧愁。

病人的看护者，对于病人病症的增减，是应镇定安详，不动声色的。但是专以看护为职务的，和病人不是亲属，没有什么感情，自然容易守这个原则。至于母子之间，因为有天性里发出来的感情，虽然勉强压抑，总难免流露出来。所以我今天的病状，从我母亲脸上看来，就知道一定是很危险的了，心里不觉有一点骇怕。

我疲倦已极，也不愿意说话，只注目看着我母亲。母亲穿一件白纱衫子；拿着一把扇子，轻轻的扇着；头上戴着簪子，似乎要落下来。我想要告诉母亲，请她把簪子戴好，或是拔下来，心里虽这样想，口中却懒得说。一会儿眼睛很倦，慢慢的闭上，隐隐约约的还看见母亲坐在那里，以后朦胧睡去，便看不见了。

我虽然仿佛睡着，心里却还清楚。我想我的病许是没有什么盼望了。我不过是一个小孩子，无论对于哪一方面，生存与否，都是没有什么大关系的。而且像这样的社会，活着也没有什么快乐，脱去倒也干净，只是我的父母一定要伤心的。想到这里，心头一颤，忽然觉得帘子微微的动了一动，走进一个人来。

他愈走愈近，只是眉目须发，都看不清楚，好像一团白雾，屯在屋子当中。那时我倒一点也不觉得骇怕，很从容的自己想道：“我要死了，难道还怕什么鬼怪，我们一块儿走吧。”

话虽这样说，再也不能合上眼，只凝视着他。他也依旧站着不动。过了半天，忽然我的心弦颤动起来，发出清澈的声音，划破沉寂的空气，问道：“你是谁？”他说：“我是你的债主。”

这时我静静的躺着，身子都不动，我的心却朗朗的和他说话。

我说：“我并没有该谁的债，也更没有该你这素不相识的人的债，我要走了，你不必再来搅我。”他说：“为的是你要走，才来会一会你，你该了我的债，你不能随随便便的走啊。”他说这话的时候，声音很严重，如同命令一般。

我急着说：“你到底是谁？我也不知道什么时候该你的债，可否请我的父母替我还了，我年纪还小，经济不能独立啊。”

他笑说：“我名叫社会。从你一出世，就零零碎碎的该了我不少的债，你父母却万万不能替你还，因为他们也自有他们应还我的债，而且你所应还的也不尽是金钱呵。”

我说：“我应还的是什么？你说明白了，我便要还你。”

他说：“你在精神和物质方面的必需和要求，随时随地，没有不由我供给的，你想你所应还的债多不多，难道可以随便走吗？”

我便冷笑说：“我从你那里所得的，只有苦痛，忧患罪恶，我天赋的理性，都被你磨灭得小如泥沙，难道还要感你的情吗？假如你能将一切你所给我的原物要回，我倒喜欢呢。我不多时要走了，你挽留我也无益啊。”

他似乎沉下脸来说：“你现在先静一静你的脑筋，不要本着兴奋的感情，随口乱说。你自己再想一想，难道你从我这里所得的，尽是忧患苦痛罪恶吗？”

我这时忽然有点气馁，觉得他须眉奕奕，凛若天神，一时也不敢答应。

他又说：“你稍微的加一点思索，便可知道我所付与你的，都是答应你的要求，虽不能说都能使你满意，却可以促你的进步。假使我从来不给你快乐，你如何知道苦痛；从来不给你善美，你如何知道罪恶。这便是我造就、勉励你的苦心了。谁知你全不想到这个，把从我这里所取去的，全不认帐。岂不是一个忘恩负义的青年，半点的价值都没有吗？”

我一面听着，毛骨悚然，置身无地，不禁流泪说：“我已经明白了我的过错，也知道了你的恩典，求你再告诉我怎样的还你的债。”

他的颜色渐渐的和悦了，说：“你知道了便好，现在积极做去，还不晚呢。如今有许多的青年，都是不但白受了恩典，还要说我不应当拿这恩典去使他感苦痛；不说他自己的卑怯，反要怪我恶虐，任意将他该我的重债，一笔勾销，决然自去。就像你方才想脱离了我，你个人倒自由干净，却不知你既该了我的债，便是我的奴仆，应当替我服务。我若不来告诫你，恐怕你至终不知道你的过错，因此我便应念而至……”

我挣扎着要想坐起来，却没有气力，只伏枕哭道：“谢谢你，从今以后，我立誓不做一个忘恩负义的青年。”

忽然铮的一声，心弦不响了，白雾也消灭了，心里渐渐的苏醒过来。

母亲摇我说：“醒来！醒来！不要哭，我在这里呢。”我睁开眼，拉着母亲的手，自己觉得心跳得很微，脸上泪和汗流在一处，定了一定神，便扶着坐起来。母亲看着我，满脸堆笑说：“你似乎好了许多，也有精神了，你刚才做了恶梦么？”

我慢慢的对母亲说我的梦境。

一天——两天之后，我便大好了。

脆弱的心

[俄] 陀思妥耶夫斯基

在同一个屋顶之下，同一套住房之中，同一个四层楼上，住着两个年轻的同事：一个叫阿尔卡季·伊凡诺维奇·涅菲杰维奇，另一个叫瓦夏·舒姆科夫……当然，作者觉得有必要向读者交代清楚，为什么一个主人公用全称，姓、名和父称一点不缺，而另一个却以小名称呼，目的无非是不让人以为这种写法不严肃，过份亲热、随便。但是，要达到这一目的则需要事先交代人物的身份、年龄、官衔和职务，甚至要描述他们的性格。许多作家都是这么做的。但本小说作者为了避免雷同（可能，某些人会认为这是出于狂妄），决定直接从人物的行动写起，说完这点开场白，作者就开始讲起来了。

除夕那天晚上，约莫六点钟的时候，舒姆科夫回家来了。阿尔卡季·伊凡诺维奇原来躺在床上睡觉，这时已经醒来。他眼睛半睁半闭地望了望自己的朋友，发现朋友穿着一套极其讲究的便服和一件干干净净的胸衣。这样的打扮自然使他大吃一惊。“他这么打扮是到哪里去呢？再说，中饭他也没在家里吃呢！”舒姆科夫此时已经点燃蜡烛，于是阿尔卡季·伊凡诺维奇马上猜到：他的朋友想用一种突然的方式，将他唤醒。果然，瓦夏咳嗽了两下，在房里来回走了两趟。他本想走到房角里的火炉旁装烟抽，却无意之中让烟斗从手中掉到了地上。阿尔卡季·伊凡诺夫忍不住暗暗发笑。

“瓦夏，收起您的那一套鬼把戏吧！”他开口说道。

“阿尔卡沙，你没睡着？”

“真的，我说不清楚，好像我觉得我没睡着。”

“啊呀，阿尔卡沙！你好，亲爱的！喂，老兄！喂，老兄！……你不知道我要告诉你什么好消息吧？”

“根本不知道。你快过来！”

瓦夏好似正在等他叫唤，立即走了过去，万万没有料到阿尔卡季·伊凡诺维奇会对他恶作剧。他非常灵活地抓住瓦夏的两手，往后一拧，把瓦夏压在自己的身下，然后就像通常说的那样，开始“掐”他。看来，这样做给天性快活的阿尔卡季·伊凡诺维奇带来了无比的满足。

“逮住啦！”他大声嚷叫，“逮住啦！”

“阿尔卡沙，阿尔卡沙，你在干什么呀？放开，看在上帝的面上。快放开，把我衣服弄脏啦！……”

“没必要！你要衣服干什么？你为什么这么轻易相信别人，自投罗网呢？快说，你去哪里了，在哪里吃的中饭？”

“阿尔卡沙，看在上帝的面上，快快放开我！”

“在哪里吃的饭？”

“这事我正想讲给你听呢。”

“那就快讲呀！”

“你得先放开我嘛。”

“不，你不讲，我就不放。”

“阿尔卡沙，阿尔卡沙！你明白不明白，这样不行，无论如何也不行！”气力不大的瓦夏大声叫喊，拚命挣扎，想从朋友结实有力的手中挣脱出来。“你知道，有这么回事！……”

“什么事？……”

“这种事一讲出来，就会有失身份，不行，怎么也不能讲。讲出来会让人发笑的，其实这种事根本不可笑，而且是很重要的。”

“去你的吧，管它什么重要不重要呢！亏你想得出！你快给我讲讲，让我也好笑一笑，至于什么重要的事，我倒并不想听。不讲，您还算不算是我的朋友？你告诉我，你还是不是我的朋友？说呀！”

“阿尔卡沙，饶了我吧，不能讲呀！”

“我不要听你这一套……”

“喂，阿尔卡沙！”瓦夏开始说起来。他横躺在床上，用尽一切办法，想让自己的话显得非常重要。“阿尔卡沙，好吧，我就说，不过……”

“不过什么？”

“我订婚了！”

阿尔卡季·伊凡诺维奇一句多余的话也没说，就把瓦夏当成婴儿一样，双手抱住，尽管瓦夏个子并不矮，而是相当高，只是瘦一点而已。然后非常灵活地抱着他在房间里走来走去，从一个角落走到另一个角落，样子像是哄他睡觉似的。

“好啦，我马上用襁褓把你这个未婚夫包起来。”他反复说道。但是看到瓦夏躺在他的手中一动也不动，一句话也不说时，他马上醒悟过来，觉得这种玩笑看来开得太过份了，于是将瓦夏放到房间的中间，用极其真挚而友好的方式吻了吻瓦夏的面颊。

“瓦夏，你没生气吧？……”

“阿尔卡沙，你听我说……”

“好啦，这是为了过新年。”

“我倒没有什么。你为什么这么疯疯癫癫，活像个风流浪子？我对你说过多少次：阿尔卡沙，这并不风趣，根本没有风趣可言！”

“唔，你没生气吧？”

“我倒没有什么。我什么时候生过谁的气呢！你明白吗，你使我很难过！”

“我怎么使您感到难过呢？”

“我来找你，是把你当朋友，我怀着满腔热情，想在你面前推心置腹，把我的幸福事全讲给你听……”

“什么幸福事？你怎么不说呢？”

“好吧，我说，我要结婚啦！”瓦夏很恼火地回答，因为他真的有点生气了。

“你！你要结婚啦！这是真的吗？”阿尔卡沙拚命狂叫，“不，不……这到底是怎么回事呢？又是说，又是泪流满面的！……瓦夏，你是我的小瓦夏，我的小儿子，够了吧！莫非真有这么一回事？”于是阿尔卡季·伊凡诺维奇又朝他奔过去，与他拥抱。

“喂，你明白吗，为什么我要结婚？”瓦夏说道，“因为你是我的好朋友，这一点我清楚。我来找你是心里充满了高兴和喜悦的，可忽然间，我却得横躺在床上打滚，有失尊严地向你坦露我心里的全部喜悦和兴奋！……你明白，阿尔卡沙，”瓦夏似笑非笑地继续说道，“你知道，这有多滑稽，多可笑！此时此刻我简直不像我自己了。我不能贬低这件事的重要性，……你居然还问我：她叫什么名字？我向你发誓：你就是杀了我，我也不会回答你。”

“对呀，瓦夏，你为什么不吭气呢？你要是早一点把一切都告诉我，我就不会恶作剧了。”阿尔卡季·伊凡诺维奇嚷道，他真心诚意地感到后悔莫及了。

“好，算了，算啦！你知道，我这是……你知道这一切是因为我心肠好。你看我现在也感到恼火，因为我不能对你像我心里想的那样，把一切情况都讲给你听，使你高兴，让你愉快，好好地对你讲清楚，体体面面地让你了解……真的，阿尔卡沙，我非常爱你，没有你，我觉得我就不会结婚，甚至根本不会活在这个世界上！”

阿尔卡季·伊凡诺维奇是特别容易动感情的人，他听着瓦夏的一番话，又是哭，又是笑。瓦夏也是一会儿哭，一会儿又笑。两人又重新拥抱起来，把刚才的不快忘到九霄云外去了。

“这是怎么回事呀，到底是怎么回事呢？你全讲给我听吧，瓦夏！老弟，原谅我吧，我受到震动，完全震晕了，就像遭到雷击一样，天啦！”阿尔卡季·伊凡诺维奇叫了起来，甚至毫不怀疑地望了望瓦夏的脸庞，“不，老兄，不，是你胡编乱造的，是你瞎想出来的，你在撒谎！”但是。他发现瓦夏的脸上容光焕发，一副肯定就要结婚的样子，而且要越快越好时，他马上扑到床上，高兴得开始在床上连连翻跟斗，闹腾得四面墙壁都要抖动起来似的。

“瓦夏，坐到这儿来！”他终于坐在床上，喊道。

“老弟，我真的不知道从何说起！”

两人高兴得激动起来，你看我、我看你地相互对望着。

“她是谁呢，瓦夏？”

“阿尔捷米耶夫家的……”瓦夏说道，那声音由于感到幸福而显得软弱无力。

“不是吧？”

“唔，我以前曾经对着你的耳朵小声讲过他们的情况，后来我就停止讲了，可你一点也没有注意。哎呀，阿尔卡沙，瞒着你我花了多大的力气啊！我是害怕，害怕说呢！我的天哪，我的天！我心想一切都可能打乱，可你知道，我已堕入情网！你看，就是这么回事。”他开始说了起来，但是由于激动，他不时说说停停。“她曾经有过一个未婚夫，一年以前突然不知为什么，被派到哪里出差去了。我也认识他，真有这么一个人，愿上帝与他在一起！唉，他一去就音信杳然，消失了。于是他们就一直等呀，等呀，这到底是什么意思呢？……四个月前，他突然结婚回来了，而且根本没上他们家去过。粗暴！卑鄙！出来替他们说话的，竟然一个也没有！她成天哭呀，哭个不停，怪可怜的，于是我就爱上了她……再说，我本来早就是爱她的，而且一直爱着没有改变！这时我就开始安慰她，经常去看她……真的，我也不知道这事是怎么发生的，不过，她是爱上我了。一个星期以前，我实在忍不住了，我哭了，痛哭号啕，哭得很伤心，随后就把一切都对她说了，我说我爱她，总而言之，什么话都说了！……可她说：我自己也准备爱您，华西里·彼得罗维奇，可是我是个贫穷的姑娘，您可不要笑话我，我任何人都不敢爱。唔，兄弟，你明白吧！你明白吗？……我们马上就口头订了婚。我翻来复去地想，左思右想，我说：‘怎么对妈妈说呢？她说：’难，您等等再说。她怕，现在还不会把我交给您。’说着说着她自己哭了。今天我没有告诉她，就去对老太太说了。丽扎卡跪在她面前，我也跪下了……好，她给我们祝福了。阿尔卡沙，阿尔卡沙呀！你是我的亲人，我们将生活在一起。不！我同你无论如何也永不分离开。”

“瓦夏，不管我怎么看你，我都不相信，不知怎的我总不相信，我向你发誓！的确，我总是觉得……你听着，你怎么就要结婚了呢？……我怎么就不知道呢，啊？真的，瓦夏，我得向你坦白承认，老兄，我自己也想过结婚。可现在你倒是要结婚了，这反正是一样的！好吧，祝你幸福，愿你幸福！……”

“老兄，现在我心里很甜蜜，心情很轻松……”瓦夏说道。他激动地站起来，在房里大步走来走去。“不是真的吗？不是真的吗？你不是也有这种感觉吗？当然，我们将要过着贫苦的生活，但是我们将会是幸福的。你知道这不是痴人说梦的空想，你知道我们的幸福不是从书本上抄来的，我们会真正幸福的！……”

“瓦夏，瓦夏，你听我说！”

“说什么？”瓦夏站立在阿尔卡季·伊凡诺维奇面前说道。

“我有一个想法，但是我好像有点害怕对你说出来！……请你原谅我，同时请你解决我的疑虑。你将来靠什么为生呢？你知道，你要结婚，我非常高兴，当然很高兴，而且高兴得自己都无法控制了，但是，你将来靠什么来生活呢？啊？”

“啊呀，天哪，我的天！你怎么啦，阿尔卡沙！”瓦夏说道，带着满脸的惊讶看着涅菲杰维奇。“你真是这么想的吗？当我向老太太明确说出一切的时候，老太太两分钟都没想就答应了我的求婚要求。你应该问，他们是靠什么生活的？你知道，三个人一年才五百卢布，因为老太太的老伴故去以后，全部养老金就这么多。她要活，加上老太太，还有一个小弟弟，小弟弟上学也得从这些钱里开支学费。你看他们就是这样生活的！只有你我和他们比起来才是资本家呢！你看吧，要是明年年景好，我说不定可以积攒起七百卢布呢！”

“瓦夏，你好好听着。你要原谅我。我……我老是想，但愿这事不被破坏掉，什么七百卢布？只有三百呢……”

“三百！……尤利安·马斯塔科维奇那里呢？你忘了吗？”

“尤利安·马斯塔科维奇！老弟，你知道这件事还不肯定呢。这不像那三百卢布薪金那么有把握，那里面的每一个卢布都是始终不渝的朋友。当然啰，尤利安·马斯塔科维奇，甚至可以说是一位伟大的人物，我尊重他、理解他，他地位那么高，不是没有道理的。我喜欢他，因为他喜欢你，而且给你工钱，他本来是可以不出这笔钱的，而直接给自己派一个官员就是了，不过，你自己会同意的，瓦夏……你再听我说吧，我可不是胡说八道。我认为在整个彼得堡，找不出一枝你这样的笔，你的字写得好，我自愧弗如，”涅菲杰维奇不无赞叹地说道，“但是，愿上帝保佑，千万别出意外！万一不喜欢你呢，万一你不中他的意呢，万一他的事业停办呢，万一他另外找到人呢？总之，这类可能发生的事还少吗？你知道，就是尤利安·马斯塔科维奇这个人可能在，也可能溜走呢！瓦夏……”

“你听着，阿尔卡沙，你知道要是这样的话，我们头顶上的天花板就会塌下来……”

“唔，那当然，当然……我倒是没有什么要紧……”

“不，你听我说，你好好听着，你看得出来，他可能以某种方式把我甩掉……不，你只要好好听着，听着。你知道我向来勤勤恳恳，忠于职守，你知道他为人善良，他今天，阿尔卡沙，他今天还了我三十个银卢布呢！”

“真的吗，瓦夏？是给你的奖赏吗？”

“什么奖赏啊！从他自己口袋里掏的。他说，老兄，你五个月没领钱啦，你愿意，就拿着吧！他还说：‘谢谢你，谢谢！我很满意……’真的！他说：‘你总不能白白地为我干活嘛！’真的！他就是这么说的。我的眼泪水都出来了，阿尔卡沙。主啊！

“瓦夏，你听着，那些文件你写完了没有……”

“不……还没写完。”

“瓦……西卡！我的天使！你干什么事去了呢？”

“阿尔卡季，你听着，没关系，还有两天期限，我来得及……”

“你怎么没抄呢？……”

“好，这就抄，你瞧，这就抄！你带着这副垂头丧气的样子望着我，使我的五脏六腑都翻转来啦，我的心在痛呢！怎么？你老是这么折磨我呀！动不动就大喊大叫：哎呀呀！你说说看，这到底是怎么回事？好吧，我会写完的，真的会写完的……”

“要是你写不完，怎么办？”阿尔卡季跳起来，大声嚷叫，“他今天还给过你赏钱呢！你马上就要结婚……哎呀呀！……”

“没关系，没关系，”舒姆科夫也嚷了起来，“我现在就坐下来写，我立刻就坐下来抄写，没有什么了不得的！”

“你怎么对这事如此马虎！瓦西卡？”

“哎呀，阿尔卡沙！我能坐得下来吗？我以前是这个样子吗？现在就是在办公室我也坐不住，因为我的心受不了……哎呀！哎呀！我今夜坐一整夜，明天再坐一个通宵，后天再坐一个通宵，我一定能写完的！……”

“还剩下很多吗？”

“别妨碍我，看在上帝的面上，你别妨碍我，给我闭嘴！……”

阿尔卡季·伊凡诺维奇蹑手蹑脚地走到床跟前，坐了下来。后来他突然想要起身，但想起这会妨碍抄写，于是又被迫坐了下来，尽管他激动得坐不下来。看得出来，刚才的那个消息使他极为震动，最初的高兴劲儿还没来得及在他身上沸腾。他望了舒姆科夫一眼，舒姆科夫也望了他一眼，对他笑了笑，还竖起一个手指头，对他做威胁动作。后来就可怕地皱起眉头（似乎他的全部力量和工作的成败都取决于此）两眼直盯着稿纸。

好像他还没有克服自己的激动，笔尖换了一个又一个，身子坐在椅子上转来旋去，安顿好后又开始抄写，但是他的手颤抖不已，写不下去。

“阿尔卡沙！我对他们说过你的。”他突然嚷叫起来，似乎是刚刚记起来的。

“是吗？”阿尔卡季叫道，“我刚才还想问呢！唔！”

“好啦！我以为把一切都告诉你了！你看，全怪我自己。本想不写完四大张决不说话的，可全忘记了。我老是想起你和他们。老兄，我好像写不下去了，老在回想起你们的事……”瓦夏微微一笑。

沉默了一会儿。

“呸！笔尖多糟糕啊！”舒姆科夫嚷叫起，气得用笔尖敲桌子。他于是抓起另一个笔尖。

“瓦夏！你听着！一句话……”

“喂，快点说嘛，这是最后一次了。”

“你还有许多没抄吧？”

“哎呀，老兄！……”瓦夏皱起眉头，好像世界没有什么比这个问题更可怕，更要命的了。“很多，多得要命呢！”

“你知道，我原来有个想法……”

“什么想法？”

“没有，已经没有啦，写吧！”

“喂，到底是什么想法？什么？”

“现在已经六点多了，瓦西卡！”

这时涅菲杰维奇微微一笑，狡猾地向瓦夏挤了一下眼睛，不过还是有点胆怯，不知道瓦夏对此作何反应。

“唔，你说什么呀？”瓦夏说道，他已经完全停下抄写，直望着他的两眼，甚至因为等待而脸色都变白了。

“你知道是什么吗？”

“看在上帝的面上，你说是什么呀？”

“你知道是什么吗？你很激动，干不了许多啦……等一等，等一等，你等一下，等一下，我看哪，我看你听一听吧！”涅菲杰耶维奇高兴得从床上跳了起来，说道。他打断了开口说话的瓦西卡的话，全力阻止他反驳。“首先需要安静下来，需要打起精神，是这样吗？”

“阿尔卡沙！阿尔卡沙！”瓦夏从围椅上跳起来嚷道，“我要熬它一整夜，真的要坐它个一通宵！”

“对，对！不过，到天亮时你会睡着的……”

“我不会睡着的，无论如何也不能睡……”

“不，不行，不行！当然你会睡着的，到五点的时候你就去睡吧。八点我叫你。明天是节日，你可以坐下来，写一整天……然后还有一夜。对了，你还剩下很多吗？……”

“你看，就这么多！……”

高兴和期待的心情使瓦夏浑身发抖，他指了指一个笔记本。

“瞧吧！就是这么些……”

“你听着，老兄，这并不多嘛……”

“我亲爱的，那里还有呢，”瓦夏怯生生望着涅菲杰维奇说道，好像去不去过节的问题，全靠他来解决。

“多少？”

“两……印张……”

“好啦，这算什么呢？喂，你听着，我们来得及写完的，一定来得及的！”

“阿尔卡沙，”

“瓦夏，你听着！现在快到新年了，家家都要团圆，你我只是两个无家无室的人……呜！瓦西卡！……”

涅非杰维奇搂住瓦夏，像雄狮一样，紧紧地把他抱在怀里。

“阿尔卡季，决定了！”

“瓦西卡，我刚才正想讲这个呢。你看，瓦西卡，你真是我的笨蛋！你听着，你听着！你知道……”

阿尔卡季张着大嘴停了下来，因为他高兴得说不下去了。瓦夏抓住他的两肩，望着他的一双眼睛，嘴巴动来动去，似乎他想代替阿尔卡季把话说完。

“好吧！”他终于说出话来了。

“今天就把我介绍给他们！”

“阿尔卡季！我们到那里喝茶去！你知道什么吗？你知道什么吗？我们甚至不坐到过新年，我们早一点离开！”瓦夏真正受到了鼓舞，叫了起来。

“也就是两个小时，不多也不少！……”

“然后到写完再见面！……”

“瓦西卡！”

“阿尔卡季！”

三分钟之内，阿尔卡季已经穿好了礼服。瓦夏则只是洗了洗，没有换衣服，因为他还忙着回来抄写。

他们匆匆忙忙走到大街上，一个比一个高兴。他们从彼得堡方面朝科洛姆纳走去。阿尔卡季·伊凡诺维奇精神抖擞，迈着有力的步伐，使人仅凭他的步伐就可以看出他为越来越幸运的瓦夏而感到无比的高兴。瓦夏则迈着较小的步子，但并不失去尊严。恰恰相反，阿尔卡季·伊凡诺维奇还从未见过瓦夏如此光彩照人，他此时此刻似乎对瓦夏更多了一分尊重，至于读者迄今还不知道的瓦夏生理上的某种缺陷（瓦夏的身子有点歪），以前总是在阿尔卡季·伊凡诺维奇善良的心里引起深深的同情，现在更加促使阿尔卡季·伊凡诺维奇对他产生了深深的爱怜。当然，朋友此刻对他怀有的这种特殊怜惜的感情，瓦西卡是受之无愧的。幸福感使得阿尔卡季·伊凡诺维奇几乎想哭，但是，他克制住了。

“往哪儿走，往哪儿走，瓦夏？走这里过去近一些！”他看到瓦夏打算往沃菲涅申斯基教堂方向拐时，尖声叫了起来。

“闭嘴，阿尔卡沙，住嘴！……”

“往右走，近一些，瓦夏。”

“阿尔卡沙！你知道吗？”瓦夏开始神秘地说道，那声音因为高兴而显得软弱无力了。“你知道吗？我想给丽扎卡带点小小的礼物送去……”

“什么礼物？”

“老兄，这里的转角处住着一位列卢老太太，她开了一家很好的商店！”

“哦，那好吧！”

“包头发的小帽，宝贝，包发小帽，今天我见到一顶很可爱的小包发帽。我问过，他们说这种款式法语叫马诺·列斯科，妙极了！带子是樱桃色的，如果不贵的话……阿尔卡沙，就是贵也要买一顶！……”

“我看你比所有的诗人都高明，瓦夏！我们走吧！……”

他们跑了一阵，两分钟后就进了商店。迎接他们的是一位黑眼睛的鬈发法国女人。她一见到自己的顾客，马上就变得那么快活和幸福，像顾客一样，甚至可以说比顾客还幸福。

瓦夏高兴得很甚至想好好地吻一吻列卢太太。

“阿尔卡沙！”他向商店大桌上的木柜里摆放着的所有精美商品扫了一眼之后，低声说道。“真奇妙！这是什么东西？这是什么？你看，这个小巧的东西，你见过吗？”瓦夏悄悄说道，同时指着一顶可爱的小包发帽，不过不是他原来想买的那一种，因为他老远就看上了放在另一端的另一顶著名的时髦小帽。他死死盯着那一顶帽子，可以说他好像生怕别人拿走，偷走，或者担心它飞向空中，故意不落到他的手中。

“你看这一顶，”阿尔卡季·伊凡诺维奇指着一顶说道，“我看，这一顶最好。”

“好呀，阿尔卡沙！你确实值得赞扬，我特别欣赏你的鉴赏力！”瓦夏这么说，显然是在狡猾地表露出他对阿尔卡沙的好感。“你的包发帽美极了，你快到这里来吧！”

“老兄，究竟那一顶更好呢？”

“到这里来看吧！”

“这一顶吗？”阿尔卡季抱着怀疑的态度说道。

但是，瓦夏已经再也克制不住了，把帽子从木架上取了下来。这顶帽子好像在长久无人问津之后，突然喜逢买主，高兴得突然从木架上自动飞了下来。它的条带、褶条和花边窸窣发响。阿尔卡季·伊凡诺维奇突然从他健壮的胸腔里发出赞叹的叫声。连列卢太太也对瓦夏报以充满赞许的微笑。列卢太太在顾客整个的挑选过程中，一直保持着自己无庸置疑的尊严和鉴赏方面的优越感，只是出于客气的考虑才保持着沉默。但她身上的一切包括目光、手势和微笑似乎都在说：对！

您选对了，而且说明您对即将到来的幸福是受之无愧的！

“可是你却躲在一旁卖弄风骚！”瓦夏大声嚷叫，把自己的全部感情都转移到了可爱的包发小帽上。“你故意躲藏起来，狡猾的小骗子，我的亲爱的！”接着就去吻它，不过他吻的只是它周围的空气，因为他害怕触动他心爱的宝贝。

“真正的功勋和德政总是这么秘而不宣的，”阿尔卡季高兴地补充了这么一句。这是他从今天早晨读到的一份讽刺小报上拣来表现幽默的句子。“唔，瓦夏，怎么样呀？”

“万岁，阿尔卡沙！你今天也说起俏皮话来了，我向你预言，正如他们所说，你会在女人中间赢得热烈的喝彩。列卢太太，列卢太太！”

“您有什么吩咐？”

“亲爱的列卢太太！”

列卢太太朝阿尔卡季·伊凡诺维奇望了一眼，随即就是宽容地微微一笑。

“您不会相信，此时此刻我有多么爱您……请允许我吻您一下……”瓦夏真的吻了一下女店主。

必须坚决地暂时保持自己的全部尊严，不使自己在做出类似的浪荡行为之后丢脸。但是我要肯定的是：必须具有列卢太太在接受瓦夏的热吻时所表现出来的那种天生的、毫不做作的优雅和有礼。她原谅了瓦夏，她在这种情况下，多么善于表现自己的聪明和涵养啊！难道可以对瓦夏大发雷霆吗？

“列卢太太，多少钱？”

“这顶五个银卢布。”她正了正自己的衣服，带着新的微笑回答道。

“这一顶呢，列卢太太？”阿尔卡季·伊凡诺维奇指着自己选的一顶问道。

“这一顶八个银卢布！”

“好，您等一等！好，您等一等！列卢太太，请问，哪一顶更好、更优美、更可爱？哪一顶更像您？”

“那一顶华丽些，但您选的那一顶，则c’est plus coaquet。”

“好，就买这一顶！”

列卢太太拿出一张菲薄、菲薄的纸，包上帽子，然后用别针别住。但是这张纸包上帽子似乎变得比不包帽子以前还轻。瓦夏小心翼翼地拿起包来，几乎连大气都不敢出。她同列卢太太躬身告别，对她说了几句感谢的话，然后走出商店。

“我是个viveur，阿尔卡沙，我生来就是乐天派！”瓦夏一边大声嚷叫，一边哈哈大笑，同时又传出一种勉强听得见的、神经质的、轻轻的笑声。他一下子跑过所有的行人，怀疑他们会压皱他那顶极其珍贵的小包发帽！

“你听我说，阿尔卡季，你听我说！”过了一会儿，他开始说话了，他的声音里流露出一种十分得意和欢快的神情。

“阿尔卡季，我多么幸福，多么幸福啊！……”

“瓦西卡！我也感到很幸福呢，我的亲爱的人儿啊！”

“不，阿尔卡沙，不，你对我的爱是无限的，这我知道。但是你却不能体会到我此时此刻心情的百分之一。我的心充满了激情，我是激情满怀啊！阿尔卡沙！这种幸福，我受之有愧！对此，我深有所感，为何对我如此厚爱，”他用充满着无声的呜咽的声调说，“我做了什么呢，你告诉我吧！你看看吧，有多少人，多少眼泪、多少痛苦，多少没有节日的平庸生活啊！可我呢！我却有着一位这样的姑娘爱着，我……你马上就会见到她的，你自己会对她高尚的心给予足够的评价的。我出身低微，现在我却挣来了一官半职，有了一份独立的收入——薪水。我生下来就带着生理的缺限，身子有点歪。你看，她却恰恰爱上了我。今天尤里安·马斯塔科维奇对我也是那么体贴，那么关心，那么彬彬有礼。他很少同我说话，但今天却走近我身边说：‘喂，瓦夏（他真的叫我瓦夏呢），你过节该痛痛快快吃点、玩玩吧？’

“‘对，对，大人，不过，我还有活要干，’说完我鼓起勇气又说，‘也许，我会玩一玩、乐一乐的，大人！’我真的对他这么说了。他马上给了我一点钱，还随后对我说了两句话。老兄，我当时哭了，真的眼泪双流，好像他受到了感动，拍拍我的肩膀，说：‘把现在的这份感情，永远保存下去吧……’”

瓦夏突然不做声了。阿尔卡季·伊凡诺维奇则转过身去，也掏出手帕，擦去了一滴眼泪。

“还有，还有……”瓦夏接着往下说去，“这一点我还从来没有对你说过，阿尔卡季……阿尔卡季！你对我的友谊，使我感到非常幸福，没有你，我无法活在世上。不，不，你什么也别说，阿尔卡沙！让我握握你的手，让我谢……谢……你！……”瓦夏又一次没能把话说完。

阿尔卡季·伊凡诺维奇想直接抱住瓦夏的颈脖子，但是他们当时正在横过街道，几乎就在他们的耳边响起了几声尖叫“快过去，快过去！”于是两个人又是惊吓又是激动地迅速跑到了人行道上。阿尔卡季·伊凡诺维奇甚至对此感到高兴。只是因为这时候的情况特殊，他才肯对瓦夏的倾吐感激之情，表示原谅。他本来对此是很生气的。他觉得迄今为止，他为瓦夏做的事太少。而在瓦夏开始对他所做的区区小事表示感激时，他甚至有点感到羞愧！但是整个生活还在前面，来日方长，这么一想，阿尔卡季·伊凡诺维奇才比较畅快地舒了一口气。……

那一家几乎停止等待他们两个了。证据就是他们已经坐下来喝茶。啊，确实，有时候老年人比青年人，特别是毛躁的青年人，目光更为敏锐。你知道丽扎卡刚才还在极其严肃地对大家说他们不会来了。“不会来了，妈妈。我的心已经感觉到：他们不会来了。”可她妈妈却老是说她心里的感觉恰恰相反：他一定会来的，他会坐不住跑来，他现在已经没什么公务要办，何况又是除夕呢！丽扎卡开门时都完全没有料到，她简直不敢相信自己的眼睛，迎接他们时她紧张得连气都出不来了，一颗心突突地直跳，就像一只刚逮住的小鸟。她满脸绯红，红得像颗小樱桃，而她本来就是活像樱桃的。我的天哪，多么出人意外！一声高兴的“啊呀”从她的嘴里飞了出来。“骗子！你是我的亲爱的！”她抱住瓦夏的颈脖子，尖声嚷叫……但是，她的惊讶，她突然感到的羞臊，你是可以想象得到的：阿尔卡季·伊凡诺维奇就站在瓦夏的身后，他有点惊慌失措，似乎希望藏到瓦夏的后面。应该承认他同女人在一起，总是感到不自在，甚至很不自在，甚至有一次……这事以后再说。您设身处地替他想想吧，其实这里并没有什么可笑的东西。他站在前厅里，穿着套鞋、大衣，头上戴一顶大耳风帽，这顶帽子他已经匆匆忙忙脱下了。一条编得很蹩脚的黄围巾，非常草率地缠在脖子上，为了取得好一点的效果，还是从后面围去的。所有这些东西都需要解开来，尽快地脱下，才能比较方便地与人见面，因为没有一个人不希望体体面面地与人相见的。可是这时的瓦夏却令人丧气、讨厌，尽管他还是那个可爱、善良的瓦夏，但毕竟令人讨厌、残忍！“你看，”他嚷叫道：“丽扎卡这就是我的阿尔卡季！怎么样？他是我最好的朋友，你快拥抱他、吻吻他吧，丽扎卡，先吻一吻，将来更了解以后，你自己会热烈地吻他的……”唔，怎么样？我问你，阿尔卡季·伊凡诺维奇当时该怎么办好？围巾他还只解下一半呢！真的我有时甚至为瓦夏的过分热情而感到难过，当然，这表示他的心地善良，但……叫人感到多不自在，多难堪啊！

最终他们走进来了。老太太能和阿尔卡季·伊凡诺维奇认识，感到说不出的高兴。他已经听过他不少的情况，她……但她没有把话说完。房里响亮地响起的一声‘啊呀’，就把她说了一半的话打断了。我的天啦！丽扎卡站在突然打开的一顶包发帽前，极其天真的抄起两只小手，微笑着……我的天啊，为什么列卢太太的店里没有一顶更好的包发帽呢！

哎呀，我的天哪！您到哪里去找到更好的包发小帽呢？这顶已经很不错了！您哪里还能找到更好的呢？我这是认真说的！情人们的这种态度，甚到引起过我某种程度的愤怒，使我感到有点难过。好吧，你们自己看看吧，先生们，看看有什么东西比这顶象征爱情的小包发帽更好呢！好，你们仔细看看吧……不，不，我的责备是多余的。他们都已同意我的看法：这是一时的迷误，短暂的糊涂，感情的冲动。我准备原谅他们……您还是看看吧……先生们，请你们要原谅我老是说包发小帽：它是网状纱做的，非常轻巧，一条宽宽的樱桃色带子，包着花边，穿过帽顶和摺子之间，后面还有两条又宽又长的带子，一直垂到后脑下面，垂到脖子上……只是需要把整个小帽稍稍戴到后脑勺上，好，您就瞧吧，瞧完以后，我再来问您！……我发现您没有看！……您好像看不看都无所谓！您朝另一个方向仔细看看吧……您会看到有两颗珍珠似的大眼泪霎那间出现在黑如松脂的小眼睛里，在长长的睫毛上颤抖了一会儿，然后滴落到与其说是列卢太太的艺术品的网状纱上，不如说是在空气中……于是我又感到伤心，因为这两滴眼泪水根本不是为包发小帽而流出来的！……不！在我看来，送这种东西作为礼品，需要保持冷静。只有那样才能真正地珍视它！先生们，我承认我总是在为包发小帽讲话！

瓦夏和丽扎卡，老太太和阿尔卡季·伊凡诺维奇坐了下来，开始交谈了。阿尔卡季·伊凡诺维奇的表现十分得体。我很高兴给他以正确的评价。甚至很难料到他会如此。他三言两语提到瓦夏以后，非常及时地就谈起他的恩人尤利安·马斯塔科维奇来了。他的话说得很聪明，很巧妙，使得谈话一个小时还没谈完。需要看到的是阿尔卡季·伊凡诺维奇多么巧妙，多么有分寸地提到了尤利安·马斯塔科维奇的某些特点，而这些特点与瓦夏有着直接或者间接的关系。因此连老太太也听得出了神，简直听入迷了。她自己也承认这一点。她故意把瓦夏叫到一旁，告诉他说他的朋友是一个顶好、顶好、顶可爱的青年人，主要是一位这么认真、严肃的青年人。瓦夏高兴得几乎哈哈大笑。他想起了严肃的阿尔卡沙前不久还在床上折腾过他一刻钟呢！后来老太太给瓦夏使了个眼色，叫他跟着她悄悄地、小心翼翼地走到另一间房里去。应该说，她这么做对丽扎卡有点不好。由于过度兴奋，老太太不自觉地违背了丽扎卡的意愿，突然想起来要把丽扎卡为瓦夏准备的新年礼物，偷偷地拿给瓦夏看。这是一个用小珠子和金丝线缝成的钱包，上面有个很精美的图案：一面绘的是一只极其迅速地奔跑的鹿，神态非常自然，栩栩如生，妙极了！另一面是一位著名将军的肖像，也是绘得神形毕肖，像极了。瓦夏高兴的神情，我就不说了。与此同时，客厅里的时间，也没有白过。丽扎卡迳直走到阿尔卡季·伊凡诺维奇的身旁。她抓起他的两手，正在向他道谢。阿尔卡季·伊凡诺维奇马上猜到了：她是谈她最最珍贵的瓦夏。丽扎卡深为感动。她已听说过，阿尔卡季·伊凡诺维奇是她未婚夫真挚的朋友，他很喜欢瓦夏，常常关照他，时时处处给他出主意，想办法，她，丽扎卡实在不能不对他表示感谢。她无法控制她的感激之情，她希望阿尔卡季·伊凡诺维奇最终会喜欢她，即便是像喜欢瓦夏的一半也好。后来她开始详详细细地询问，瓦夏是否珍惜自己的健康，对于他的性格暴躁、不善于知人论世，表示出某种耽心，她说她将按照宗教的要求，随时关照他，保护和抚慰他，最后，她希望阿尔卡季·伊凡诺维奇不仅不抛弃他们，而且甚至和他们生活在一起。

“我们三个人将像一个人一样生活！”她怀着极其幼稚的兴奋心情大声嚷道。

但是，必须动身的时候到了。当然，他们拚命挽留，但瓦夏坚决表示：不行。阿尔卡季·伊凡诺维奇也出来证实，的确不行。他们自然追问为什么，瓦夏马上公开，说尤利安·马斯塔科维奇交给他一件急事，需要后天早晨完成，要命的是这件事不仅没有完成，而且甚至根本没有动手。老太太一听，不禁叫了一声‘啊呀’，丽扎卡则简直吓坏了。她惊慌失措，甚至要赶瓦夏快走。但最后的一吻根本没有因此而减色，虽然短了点，仓促了点，但却因此而显得更加热烈，更加亲切。最后他们分手告别，两个朋友便动身回家去了。

刚刚走到大街上，他们两个马上就开始相互倾吐自己得到的印象。事情也应该如此。阿尔卡季·伊凡诺维奇对丽扎卡简直喜欢得要死，这一点不告诉幸运儿瓦夏本人还能告诉什么人呢？他正是这么做了。他没有感到羞愧，而是立刻向瓦夏承认这一切。瓦夏哈哈大笑，简直高兴得要命。他甚至表示这根本不是多余，而且今后他们会成为更好的朋友。“你猜中了我的心，瓦夏，”阿尔卡季·伊凡诺维奇说道，“对！我爱她，就像爱你一样。她也将是我的天使，就像是你的一样。你们的幸福也传到了我的身上，也温暖着我。她也将是我的女当家，瓦夏，我的幸福也将握在她的手中。她怎么待你，也让她怎么待我就是了。对，我对你的友情，也就是对她的友情。在我的心目中，你们现在是不可分割的。只是我原本只有你一个朋友，现在我有两个了……”阿尔卡季·伊凡诺维奇由于感情过于激动，说不下去了。他的话也深深地打动了瓦夏的心。问题是瓦夏从来没有料想到阿尔卡季会说出这样一番话来。一般地说阿尔卡季·伊凡诺维奇不善于言辞，也根本不爱好幻想。可现在他却立刻浮想联翩，投进了最快活、最新颖、最为色彩斑斓的幻想之中！“我将保护你们俩，安慰你们，”他又说了起来。“第一，瓦夏，我将为你所有的孩子洗礼，一个也不漏过；其次，也要为你，瓦夏的前途奔忙。要制办家具，租赁住房，让她，还有你和我，都得有一个单间。你知道吗，瓦夏，明天我就跑去看门牌号码。三间……不，两间我们就够了。我甚至在想，我今天说的尽是胡说八道，钱会弄得到的，没问题！我一望见她的眼睛，我就盘算好了，钱是够用的。一切都为了她！哎呀，我们一定好好工作！瓦夏，现在可以冒冒险，付它个二十五卢布的房租钱。老兄，房子就是一切！有了几间好房子……人就马上变得快活起来，也就会有美丽的幻想出现！其次，丽扎卡将作为我们共同的出纳，一个多余的戈比也不用！现在就让我跑到酒馆里去！你把我当成什么人呢？我怎么也不会去的！这里还会有点额外的收入和奖赏，因为我们一定会勤奋工作的，就像老牛耕地一样拚命地干！……喂，你想象一下，”阿尔卡季·伊凡诺维奇的声音由于高兴而变得无力了，“说不定会出人意料地给我们三十或二十五个卢布呢！……你知道，不管它是不是奖赏，都得买包发帽、围巾、袜子！她一定会给我织一条围巾的，你看，我的这一条多不好看，黄黄的，多讨厌，它今天使我出尽了洋相！瓦夏，你今天真好，把我介绍给她们，可我却尴尬极了……问题还不全在这里！你看见了没有，今天的用费全由我负责！我不是要给你送点小小的礼品吗？这是一种荣幸，也是你给我的一点面子……你知道，我的赏钱是跑不了的：难道把它交给斯科罗霍多夫吗？它在这个高个子的口袋里也不会放多久。老兄，我给你买银匙子，漂亮的刀子，不是银质的，而是顶好顶好的刀子。还要买一件坎肩，给自己用的，我不是要当男傧相吗？不过你现在得在我这儿待着，好好地待着，由我管着你，老兄，今天、明天，整夜我都带着棍子站着看守你，强迫你干活：快点干完，快点干完，老兄，快干呀！以后我们就幸福了：我们玩洛托牌去！……每天晚上我们都将坐在一起，唔，真好！呸，真见鬼！恼火的是我帮不上你的忙。本想替你把活都干完就好了……为什么我们的笔迹不一样呢？”

“是呀！”瓦夏回答说，“是呀！要抓紧才行。我想，现在快十一点了，得抓紧干……干起来！”说完以后，瓦夏老是一会儿微笑，一会儿又热情洋溢地插上几句，打断对方友好情谊的发泄，总而言之，他显得欢欣鼓舞，但他突然变得温和起来，不再说话了。他几乎是在街上跑着走的。似乎有一个什么沉重的思想，突然使他发热的脑袋冷却下来了，似乎他的整个心脏都紧缩起来了。

阿尔卡季·伊凡诺维奇甚至开始感到不安了。他迅速提出的问题，几乎没有得到瓦夏的回答。瓦夏有时用一两句话搪塞一下，有时则发出往往是与事情全然无关的感叹。“瓦夏，你到底出什么事啦？”阿尔卡季奇·伊凡诺维奇好不容易赶上他嚷道，“难道你这么不安吗？……”“哎呀，老兄，别扯淡啦！”瓦夏回答时甚至有点恼火。“瓦夏，别泄气，算了，”阿尔卡季打断了他的话，“再说我多次见过你在更短的时间里抄写过更多的东西……你怕什么！你简直是天才！至少你还可以加快书写的速度，这又不是拿去铅印的。你来得及的！……你现在这么激动，心不在焉，写起来会吃力得多……”瓦夏没有回答，或者含含糊糊自言自语。两个人怀着惊慌的心情，跑到了家里。

瓦夏马上坐下来抄写。阿尔卡季·伊凡诺维奇平静下来，轻轻地脱去衣服，躺到床上，两眼一直盯着瓦夏……“他怎么啦？”他自言自语，同时望着瓦夏变白的脸庞、他发红的眼睛和他每个动作中表现出来的焦躁不安。“他的手也在抖动……呸，你真是！要不要劝他睡一两个小时呢，就是把烦恼睡过去也好嘛。”瓦夏刚刚写完一页，他抬起两只眼睛，无意之中望了阿尔卡季一眼，马上垂下眼帘，又拿起笔来。

“听我说吧，瓦夏，”阿尔卡季·伊凡诺维奇突然开口说话，“你稍稍睡一会儿不是更好吗？你看，你简直像打摆子似的……”

瓦夏很生气地，甚至很凶恶地望了望阿尔卡季，没有回答。

“你听着，瓦夏，你到底要对自己怎么办呀？”

瓦夏马上醒悟过来了。

“喝点茶好吗，阿尔卡沙？”他说道。

“怎么？为什么？”

“可以提神！我不想睡觉，我不去睡觉！我要一直写下去。现在喝点茶休息休息，最困难的时刻就会过去的。”

“好，瓦夏老兄，太妙了！正是应该这样，我本想提议这么干呢。我感到惊讶的是为什么我的脑袋就没想到。不过，你知道吗？玛夫娜是不会起来的，她无论如何是不会醒来的……”

“对……”

“没关系！”阿尔卡季·伊凡诺维奇赤着脚从床上跳下来，嚷道。“我自己去烧茶炊。难道我是头一回干吗？……”

阿尔卡季·伊凡诺维奇跑进厨房，开始摆弄茶炊。瓦夏则仍在抄写。阿尔卡季·伊凡诺维奇穿好衣服，除了放好茶炊之外，还跑到面包店里买点吃的，让瓦夏好消夜。一刻钟以后，茶炊摆到了桌子上。于是他们开始喝茶，但话却总是谈不起来。瓦夏老是心不在焉。

“你看，”他似乎清醒过来，终于开始说话了，“明天还得出去拜年呢……”

“你根本不必去。”

“不，老兄，不行。”瓦夏说道……

“我代你签个名就行了……你去干吗呢？你明天干活吧！今天你就照我说的办，写到五点，然后睡一觉。不然，你明天会像什么人呢？我八点正一定叫你……”

“你明天代我签名好吗？”瓦夏说道，他已经有点同意了。

“有什么不好呢？于今大家都这么干！……”

“我怕……”

“怕什么？”

“你知道，别人那里倒没有什么，可尤利安·马斯塔科维奇，阿尔卡沙，他是我的恩人，万一他发现是别人的笔迹……”

“他会发现！唔，你怎么啦，瓦什卡！他会发现吗？……你知道，你的名字我签得多像，那个钩钩我都写得像极了。你算了吧！谁会发现呢？……”

瓦夏没有回答，匆匆忙忙把自己的杯子喝干了……后来他怀疑地摇了摇头。

“瓦夏，亲爱的！要是我们成功有多好啊！瓦夏，你怎么啦？你简直把我吓坏了！你知道我现在也不会躺下，瓦夏，我会睡不着的。你让我看看，你还剩下多少？”

瓦夏望了他一眼，吓得阿尔卡季·伊凡诺维奇的心都翻过来了，舌头也转不动了。

“瓦夏！你怎么啦？你出什么事啦？干吗这么看着我？”

“阿尔卡季，我明天一定要去给尤利安·马斯塔科维奇拜年。”

“好，你去吧！”阿尔卡季边说边望着他，两只眼睛睁得大大的，心里怀着焦急的期待。

“瓦夏，你听我说，快点写吧！我不会给你出馊主意害你，确实是这样！尤利安·马斯塔科维奇说过多次，他说他最喜欢的是你书写的清楚！只有斯科罗普廖辛才喜欢书写清楚加秀美，像字帖一样，因为他好想方设法把写好的东西借去不还，送回家去给孩子们蒙着写，因为他这个牛皮大王买不起字帖。可是，尤利安·马斯塔科维奇却只是说，却只是要求：清楚、清楚、再清楚！……你还怕什么呢！真的，瓦夏，我不知道如何对你说……我甚至害怕……你的愁苦简直要了我的命！”

“没关系，没关系！”瓦夏说着说着就疲倦得倒在椅子上。

阿尔卡季惊慌起来了。

“你要不要喝点水呢？瓦夏！瓦夏！”

“够了，够了，”瓦夏紧握着他的手说道，“我没有什么。我只是不知道为什么感到很忧伤，阿尔卡季。我甚至连自己也说不出是什么原因。你听着，你最好谈点别的什么，不要给我提起……”

“安静，看在上帝的面上，你要安静，瓦夏！你会写完的，一定会写完的！即便写不完，也不是什么灾难嘛？难道写不完就是犯下滔天大罪么！”

“阿尔卡季，”瓦夏说道。他意味深长地望着自己的朋友，阿尔卡季简直吓得要死，因为瓦夏从来没有这么要命地惊慌过。“要是我像从前一样，是孤丁丁的单身汉的话……不，我说的不是那个意思。我老是想告诉你这个朋友，请你相信……可是，为什么要惊动你呢？你看，阿尔卡季，一些人天生是干大事的，另一些人则像我一样，只能干微不足道的小事。喂，要是别人要求你感恩戴德，你会干吗？”

“瓦夏！我根本不明白你的意思！”

“我从来就不是忘恩负义的人，”瓦夏继续小声说话，好像在与自己议论，“但是，如果我没能说出我感到的全部，那么似乎……阿尔卡季，好像我真的是在忘恩负义，而这往往使我感到特别难过。”

“你这是说的什么话呀！难道你按期抄写完毕就是你的全部感激？瓦夏，你想想你在说什么呀！难道感激之情表现在这里？”

瓦夏突然不吭气了。他直望着阿尔卡季的两眼，好像阿尔卡季出人意外的论据打消了他的全部怀疑。他甚至微微一笑，不过马上又露出了他前不久沉思的表情。阿尔卡季把瓦夏的微笑看成是一切担心的结束，而把重又出现的惊慌看成是力求上进的决心，因此他高兴极了。

“好了，阿尔卡沙老兄，你醒来的时候，”瓦夏说道，“望望我，要是我睡着了，那就糟了。现在我就坐下来写……行吗，阿尔卡沙？”

“什么？”

“不，我没说什么，我只是……我想……”

瓦夏坐了下来，没再说话了，阿尔卡季也躺下去睡觉了。两个都没再谈什么大人物、小人物的事。也许他们觉得有点做得不对，不该大吃大喝。不久阿尔卡季·伊凡诺维奇就睡着了，虽然他一直在为瓦夏发愁。使他大吃一惊的是，他居然在早上八点整醒来了。瓦夏睡在椅子上，手中握着笔，脸色苍白，疲惫不堪。一支蜡烛已经点完。玛夫娜正在厨房里忙着生茶炊。

“瓦夏，瓦夏！”阿尔卡季惊叫道，“你什么时候睡的？”

瓦夏睁开两眼，从椅子上跳起来……

“哎呀！”他说道，“我竟睡着了！……”

他马上跑去看文件……幸好，全都没出问题，墨水也好，蜡烛油也好，都没滴到文件上去。

“我想我是六点左右睡着的，”瓦夏说道，“夜里好冷啊！我们喝完茶，我就又……”

“你吃了点东西吧？”

“对，对，没什么，现在没什么了！……”

“新年好！瓦夏老兄！”

“你好，老兄，你好！也祝你新年好，亲爱的！”

他们拥抱起来。瓦夏的下巴颏儿在颤动，两只眼睛也湿润了。阿尔卡季·伊凡诺维奇默默不语：他感到十分痛苦。两人匆匆忙忙喝茶……

“阿尔卡季！我已作出决定，亲自去给尤利安·马斯塔科维奇拜年……”

“你知道他是不会发觉的……”

“可是，老兄，我良心上过不去。”

“你不是正在为他抄写，为他卖命吗？……够啦！你知道吗，老兄，我得到那里去一趟……”

“到哪里？”瓦夏问道。

“去阿尔捷米耶夫家，代表你我两方面向他们拜年。”

“我的亲人啦，亲爱的！好！我就留在这里。我发现你想得好。我是留在这里工作，又不是游手好闲，浪费时间。你等一下，我马上写封信。”

“写吧，老兄，你写吧，来得及的！我还要洗脸，刮胡子、刷刷礼服。好，瓦夏老兄，我们会满意的、幸福的！拥抱我吧，瓦夏！”

“啊呀，但愿如此，老兄！……”

“公务员舒姆科夫先生住在这里吗？”楼梯上传来一个小孩子的声音。

“在这里，天啦，在这里，”玛夫娜边说边让客人进来。

“什么事？什么事？”瓦夏从椅子上跳起来奔向前厅叫道，“别杰卡，是你呀？……”

“您好！荣幸地向您祝贺新年，瓦西里·彼得罗维奇！”一个长相漂漂亮亮、长着一头黑卷发的十岁左右的男孩子说道，“姐姐向您致意，妈妈也是，姐姐还吩咐我代表她吻吻您……”

瓦夏把小使者抛向空中，然后对着他那张小嘴（简直与丽扎卡的嘴一模一样）给了一个甜蜜蜜的、长长的、热情的吻。

“吻吧，阿尔卡季！”他把小别佳交给阿尔卡季说道。小彼佳脚刚落地，就马上跑进了阿尔卡季·伊凡诺维奇那强有力、真正贪婪的怀抱之中。

“你是我的亲人，想喝茶吗？”

“非常感谢，先生！我们才喝过！今天我们起得早。我们家的人做祷告去了。姐姐给我卷了两个小时的头发，然后涂油，洗干净了，还给我缝好裤子，因为昨天我和萨什卡在外面把它撕破了：我们在打雪仗……”

“唔 唔 唔 唔！”

“对了，她还给我打扮好，让我来你们这里。然后给我涂上发油，亲了又亲，对我说：‘快到瓦夏那里去一趟，给他拜个年，问他满意不满意，晚上睡得好不好，还有’……还要我问什么来着，啊，对了！还要我问问您昨天说的工作干完了没有……那里好像……瞧，我这里记下来了的，”小男孩一边说，一边照着从口袋里掏出的一张纸片念，“对了，他们放心不下。”

“会干完的，一定会干完的！你就这么告诉她，会干完的，我保证，一定会干完的！”

“还有……哎哟！我忘啦。姐姐要我给您带个字条和一件礼物，可是我忘了拿！……”

“我的天啦！……哎呀，我亲爱的！在哪……在哪里？啊？你看看，老兄，她给我写了些什么。你知道，我昨天在她那里见过一个给我的钱包。它还没有做好。她说，现在我给你送上一撮头发，让它留在你那里。老兄，你可要注意，千万要注意啊！”

欢喜莫名的瓦夏把一撮很浓很浓、很黑很黑的头发拿给阿尔卡季·伊凡诺维奇看，然后热烈地吻一吻，就把它藏进侧边的口袋里，让它更加贴近他的心。

“瓦夏！我要给你订做一个盒子装这些头发！”阿尔卡季·伊凡诺维奇终于果断地说道。

“我们今天吃烤小牛肉，明天吃牛脑髓。妈妈想做点心……小麦粥就不要了。”小男孩想了想如何结束闲谈之后说道。

“嗬，一个多漂亮的孩子！”阿尔卡季·伊凡诺维奇嚷道。

“瓦夏，你真是一个最最幸福的人！”

小男孩喝完茶，拿了字条，接受了上千次亲吻，然后高高兴兴走了出去，神态还是以前那么活泼。

“喂，老兄，”高兴的阿尔卡季·伊凡诺维奇说道，“你看，多好啊！你看见了吧！一切都在朝好的方面转，不要发愁，不要胆怯！勇敢前进吧！快干完，瓦夏，快点干完！我两点回家，先去他们家，再去尤利安·马斯塔科维奇那里……”

“好，再见，老兄，再见……好啦，你快快去吧，好！”瓦夏说道，“老兄，我肯定不到尤利安·马斯塔科维奇那里去了……”

“再见！”

“你等一等，老兄，你等一等，你告诉他们，唔，该讲什么，你会说的，吻吻她……老兄，回来以后把情况全部讲给我听……”

“唔，唔，好啦，我们知道了！这是幸福把你搅昏了头！真叫人料想不到。你从昨天起就坐立不安，现在也还没有从昨天得到的印象中解脱出来。好，我的话说完了！你快振作起来，亲爱的瓦夏！再见，再见！”

最后，两个朋友分开了。整个上午阿尔卡季·伊凡诺维奇都心神不定，老想瓦夏，他知道瓦夏的性格软弱，容易激怒。“对，这是幸福把他搅昏的，我没说错！”他自言自语地说道。“我的天！他也让我发起愁来了。为什么这个人能够制造悲剧呢！他有多狂热啊！哎呀，必须救救他！一定要救救他！”阿尔卡季说这话的时候，自己并没察觉到：他在心里把看来是一些小小的家庭不快（实际上是微不足道的），提到了灾难的高度。直到十一点他才来到尤利安·马斯塔科维奇的门房，在一长串可敬的人士的签名之后，签下了自己微不足道的名字。这张签名的纸上溅满了墨水。他感到十分惊讶的是：在他面前竟然闪现出瓦夏·舒姆科夫的亲笔签名！“他怎么啦？”他在大吃一惊之后这么想道。阿尔卡季·伊凡诺维奇来的时候还是满怀希望的，现在则心情烦乱地走了出去。真的，一场灾难正在出现。但它在哪里呢？是什么样的灾难呢？

他是带着一大堆阴暗的思想来到科洛姆纳的，先是心神不定，和丽扎卡谈了几句走出来时，则是脸上挂满了泪珠，因为他简直为瓦夏吓得要死。他是跑着回家的，在涅瓦河上迎面碰上舒姆科夫。舒姆科夫也是跑着的。

“你到哪里去？”阿尔卡季·伊凡诺维奇喊道。

瓦夏停了下来，好像是一名当场被捉住的罪犯。

“老兄，我这是随便走走，我想出来散散步。”

“你是忍不住了，去科洛姆纳了吗？哎呀瓦夏，瓦夏！你干吗要去尤利安·马斯塔科维奇那里呢？”

瓦夏没有回答，但后来他挥了挥手说道：

“阿尔卡季！我不知道我正在出什么事！我……”

“算了吧，瓦夏，够啦！我知道是怎么回事。放心吧！你从昨天开始就非常激动，十分惊慌。你想想，怎么能不忍住呢！大家都喜欢你，大家都愿意同你来往，你的工作现在也有进展，你会完成的，一定会完成的，我知道：你在想一件什么事，你害怕……”

“不，没有什么，没有什么……”

“你记得吧，瓦夏，你一定记得，因为你曾经出过这种事。在你获得官职的时候，幸福和感激的心情曾经使你加倍努力，但结果却只是把一个星期的工作都干坏了。现在出现的正是那种情况……”

“对，对，阿尔卡季，不过现在的情况不同，与当时完全不一样……”

“怎么不一样？哎！事情可能一点也不急，可把你吓得要死……”

“没什么，没什么，我只是这一阵子急。好了，我们走吧！”

“怎么，你回家！不去他们家啦？”

“不，不，我这副模样去吗？……我改变主意了。你不在我一个人坐不住。你现在又和我在一起了，我就可以坐下来抄写了。我们走吧！

他们走着，好长一段时间没有说话。瓦夏着急了。

“你怎么不问问我他们的情况？”阿尔卡季·伊凡诺维奇说道。

“啊，对了！阿尔卡季，怎么样？”

“瓦夏，你不像你自己啦！”

“唔，没有什么，没有什么。快把情况一五一十都讲给我听！”瓦夏用恳求的声音说道，似乎他想回避做进一步的解释。阿尔卡季·伊凡诺维奇叹了一口气，他望着瓦夏，简直有点惊慌失措了。

关于科洛姆纳那一家人的情况，瓦夏听了以后就活跃起来了。他甚至打开了话匣子，叽里哇啦地说个不停。他们吃了饭。老太太给阿尔卡季·伊凡诺维奇的口袋里塞满了点心，两个朋友一边吃，一边开心说笑。饭后，瓦夏答应睡一觉，好干一个通宵。他真的躺了下去。早晨，有个什么人邀请阿尔卡季·伊凡诺维奇喝茶，他无法拒绝不去。于是朋友们就分开了。阿尔卡季说他尽量早点回来，如有可能，甚至八点就回。对于他来说，分开三个小时，就像过了三年一样。最后他跑到了瓦夏那里。一进屋里，他就看见屋里黑漆漆的，瓦夏不在家里。他问玛夫娜。玛夫娜说他一直在抄写，根本没有睡，后来在屋里走来走去，一个小时以前他跑了，说过半个小时以后回来。“他说，阿尔卡季·伊凡诺维奇一回来，你，老太婆就告诉他，”玛夫娜最后说道，“我散步去了，他这话嘱咐过三次，啊不，是四次。”

“他在阿尔捷米耶夫家！”阿尔卡季·伊凡诺维奇想了一想，连连摇头。

一分钟以后，他心中出现一线希望，于是一跃而起。他想，瓦夏大概写完了，一定是抄写完了，所以他忍不住就跑到那里去了。不！他该等我呀……我去他房里看看！

他点起蜡烛，跑到瓦夏的写字台前：看来工作有进展，离写完也不太远。阿尔卡季·伊凡诺维奇本想进一步研究，但瓦夏突然进屋里来了……

“啊！你在这里？”他吓得浑身打哆嗦，大声叫了起来。

阿尔卡季·伊凡诺维奇默默不语，他害怕问瓦夏。瓦夏垂下两眼，也默默不语，他开始清理文件。最后，他们的视线相遇了。瓦夏的目光呆滞，充满了哀求，阿尔卡季遇到时，不禁浑身一抖。他的心也开始颤抖，充满了难以言喻的辛酸！……

“瓦夏，我的兄弟，你怎么啦？你怎么啦？”他大声嚷叫着朝瓦夏扑过去，把瓦夏紧紧地抱住，“快给我解释清楚，我不明白你和你的愁苦，你到底怎么啦？你是我受苦受难的兄弟，到底出什么事啦？快告诉我，不要有任何隐瞒。不可能为了这一件事……”

瓦夏紧紧地靠在阿尔卡季的身上，说不出话来。他连气都喘不过来了。

“算了吧，瓦夏，算了吧！好吧，就算你完不成，又怎么样呢？我不明白您，把你的痛苦公开说出来吧！你看见吗，我是为了你……啊呀，我的天、我的天哪！”他一边说，一边在屋里大步走来走去，手里碰到什么就抓住，好像马上要为瓦夏找到解救的药方似的。“明天，我亲自替你去找尤利安·马斯塔科维奇，我要求他，苦苦央求他再给你宽限一天。我把一切的一切都向他解释清楚，既然这事让你这么痛苦……”

“你千万别这么干！”瓦夏大声嚷叫，脸色白得像白粉墙壁，身子差点站不住了。

“瓦夏，瓦夏！……”

瓦夏清醒过来了。他双唇不停地抖动，想说什么，但只是痉挛地、默默地握了握阿尔卡季的手……他的手是冰凉的。阿尔卡季站在他面前，充满了忧伤与焦急的期待。瓦夏又抬起眼睛望着他。

“瓦夏，愿上帝与你在一起，瓦夏！你把我的心都磨碎了，我的朋友，我亲爱的人啊！”

眼泪像雨点一样从瓦夏的眼里涌出。他扑到了阿尔卡季的胸脯上。

“我欺骗了你，阿尔卡季！”他说道，“我骗了你，请你原谅，请你原谅我！我骗取了你的友情……”

“什么，瓦夏你说什么？到底是怎么回事。”阿尔卡季问道，他简直吓得要死。

“瞧！……”

瓦夏用绝望的手势，把六个厚厚的、像他正在抄写的那样的本子从抽屉里扔到桌面上。

“这是什么？”

“这就是我后天以前必须抄完的东西。我连四分之一都没完成。至于为什么没完成，你就不要问了……”瓦夏继续往下说去，而且马上开始谈到这事是如何使他感到痛苦，“阿尔卡季，我的朋友！我自己都不知道我出了什么事！我好像才从梦中醒来。我白白浪费了三个星期。我老是……我……走去找她……我的心痛，我感到痛苦……原因我不知道……我也无法抄写。关于这件事，我想都没有想。直到现在，当幸福即将降落到我的身上时，我才苏醒过来。”

“瓦夏！”阿尔卡季·伊凡诺维奇果断地开口说道，“瓦夏！我要搭救你！你听着，你听我说。我明天就去找尤利安·马斯塔科维奇……你别摇头，不，你听着！我把事情的真相如实地讲给他听，请你允许我这么做……我去向他解释……我要不顾一切了！我要告诉他，你如何痛苦，简直痛不欲生！”

“你知道吗，你这样做简直是要我的命！”瓦夏说道，全身吓得发冷。

阿尔卡季·伊凡诺维奇本来脸色都变白了，但他转念一想，马上大笑起来。

“就是这件事吗？仅仅只有这件事吗？”他说道，“得了，瓦夏，你算了吧！你不害臊吗？喂，你听我说！我发现，我使你感到难过了。你看，我是理解你的；我知道你心里发生了什么事。谢天谢地，我们在一起已经生活了五年。你善良，体贴人，但是软弱，软弱到不可饶恕的程度！丽扎维塔·米哈伊诺夫娜也发现了这一点。除此之外，你还是个幻想家，而你也知道这一点不好。老兄，这是可以叫人发疯的！你听我说，我知道你渴望的是什么！比如你希望尤利安·马斯塔科维奇喜出望外，大概还希望他看到你结婚而高兴起来，替你举办一次舞会……好，你等一等，等一等！你皱起了眉头。你看，我刚说一句尤利安·马斯塔科维奇，你就生气！我不谈他了。其实，我对他的尊敬也不下于你！但是，如果我说你希望在你结婚的时候，世界上一个不幸的人也没有，你可不要同我争论，也不要对我进行反驳……对了，老兄，你一定会同意，比如说你希望我，你最好的朋友，突然拥有十万资本；希望世上所有敌对的人突然无原无故地握手言欢，让他们在大街之上高兴得相互拥抱，然后来到你的住处做客。

我的朋友！我亲爱的朋友！我不是嘲笑你，确实如此。你早就用各种不同的形式，几乎把所有这些都对我讲过了。因为你很幸福，所以你希望所有的人，几乎是所有的人都变成幸福的人。你一个人幸福，你感到痛苦、沉重！因为你现在想尽一切努力，对得起你的幸福，也许还为了使良心得到净化，所以你想建立某种功勋！好了，我理解你，在需要你表现自己的关心、本领……唔，还有你所说的感激之情的时候，你本来是准备自己受苦的，但你却突然表现出对人的不敬！尤利安·马斯塔科维奇如果看到你辜负了他对你寄予的期望，他就会皱起眉头，甚至会大发雷霆。你一想到这种情况，心里就感到特别痛苦。想到你会听到你称之为自己恩人的人的斥责，你就感到痛心疾首，特别是在你的心里充满喜悦、你不知道向谁倾吐自己的感激之情的时候！……难道不正是这样吗？难道不是这样吗？”

阿尔卡季·伊凡诺维奇说完这段话时，喉咙不停地抖动，他沉默下来，缓过一口气。

瓦夏满怀着热爱，望着自己的朋友。嘴边掠过一丝微笑。

似乎，对希望的期待，使他面部的表情，变得活跃起来了。

“好，你就这么听下去吧，”阿尔卡季·伊凡诺维奇受到希望更大的鼓舞，又开始说起来了。“要想办法使尤利安·马斯塔科维奇保持对你的好感和偏爱。是这样的吧，我亲爱的？问题是在这里吧？既然是这样，我就，”阿尔卡季·伊凡诺维奇从座位上一跃而起，说道。“我就为你做出点牺牲。我明天就乘车去找尤里安·马斯塔科维奇……你不要阻挡我！你，瓦夏，把自己的小小失误夸大到了犯罪的地步。可是他，尤利安·马斯塔科维奇却宽宏大量而且是非常仁慈的，特别是对你，更是如此！瓦夏老兄，他会倾听我们的意见并使我们摆脱困境的。好啦，你放心了没有？”

瓦夏两眼噙着泪，握着阿尔卡季的手。

“够了，阿尔卡季，不用多说了，”他说道，“问题已经解决。好，我没抄完，那也好。没写完就没写完。你也不必去。我亲自去，把一切都讲给他听。我现在安下心来了，我已完全放心，只是你不要去了……你听听我的话吧。”

“瓦夏，我亲爱的！”阿尔卡季·伊凡诺维奇高兴得叫了起来，“我是根据你的话说的。我高兴你清醒过来而且振作起来了。但是，不管你出什么事，不管你发生什么，我都会留在你身边，这一点你要记住！我发现你感到很痛苦，希望我什么也不对尤利安·马斯塔科维奇讲，所以我就不讲，什么也不讲，由你自己去说。你看见了吧：你明天一定会去……或者，不，你不会去的，你会留在这里写，明白吗？我到那里去打听一下，这事到底怎么样，是不是要得很急，是否要如期完成。如果可以延期，那问题不就解决了吗？然后我就跑回来告诉你……你看，你看！不是已经有希望了吗！喂，你想想看，如果事情不急，不是可以赢得时间吗？尤利安·马斯塔科维奇可能根本不会提起，那时，问题就全解决了。”

瓦夏怀疑地连连摇头。但是，他感激的目光一直没有离开朋友的脸庞。

“好，够啦，够啦！我已经非常虚弱，非常疲倦，”他上气不接下气地说道，“这事我自己都不愿意想了。喂，谈点别的吧！你看见没有，我现在也不写了。我准备只抄完这两页，抄到下面的一个句号为止。你听着……我早就想问你：你怎么对我有这么透彻的了解呢？”

泪水从瓦夏的眼里滴落到阿尔卡季·伊凡诺维奇的手上。

“要是你知道，瓦夏，我爱你爱到了何等程度，你就不会问这个问题了，是吧？”

“对，对，阿尔卡季，我不知道这一点，是因为……是因为我不知道你为什么这么爱我！你是否知道，就是你对我的爱也使我十分难受。你是否知道，我多少次，特别是躺下睡觉和想你的时候（因为我在入睡的时候总是想你）我泪流满面，我的心在发颤，因为……唔，因为你是这么爱我，而我却无法减轻我心灵的负担，无法报答你的恩情……”

“你看，瓦夏，你看你真是！……你看看你现在多么心烦意乱，”阿尔卡季说道，此刻他的心已是痛苦已极，于是又想起了昨天在街上的情景。

“够了，你希望我安静下来，而我还从来没有这样安静过，这样幸福过！你知道吗……你听我说，我本想把一切都告诉你，但是我又害怕使你难过……你老是难过，对我大声叫嚷，可我害怕……你瞧，我现在浑身颤抖，我不知道这是什么原因。你知道我想对你说什么吗？我觉得我以前不了解你——对！其他的人，我也是直到昨天才了解的。老兄，我没有感觉出来，没有给予充分的重视。我的心肠……非常硬……你听着，这是怎么发生的，我对世人没有做过任何好事，因为我做不了，连我的模样，都令人讨厌……可是，每一个人都给我做好事！首先是你，难道我看不见吗？我只是没做声，没吭气罢了！”

“瓦夏，别说啦！”

“那好，阿尔卡沙！也好！……我倒没有什么……”瓦夏中断了谈话，泪水使他几乎说不出话来了。“我昨天同你谈到尤利安·马斯塔科维奇。你自己也知道，他是非常严肃的人，要求很严格，连你都受过他几次的批评。可是昨天他突然想起来同我开玩笑，同我亲热，而且把他那颗向众人紧闭的善良的心，向我敞开了……”

“好嘛，瓦夏！这仅仅说明，你是应该得到幸福的，你受之无愧！”

“啊呀，阿尔卡沙！我多么希望完成这件工作啊！不，我会毁掉自己的幸福的！我有这种预感！哦不，不是通过这个，”瓦夏中止自己的谈话，因为阿尔卡季朝写字台上放着的沉甸甸的急件，斜望了一眼，“那倒没有什么关系，那是写好了的稿子……废话！这事就这么定了……我……阿尔卡沙，我今天去过他们那里，但没进门。我心情沉重，十分痛苦！我只在门口边站了站。她在弹钢琴，我听了。你看，阿尔卡季，”

他压低嗓音说道，“我没敢走进去……”

“你听听我说，瓦夏，你出什么事啦？你这么看着我？”

“什么事？没什么！我有点不好过，两腿发颤。这是因为我通宵坐着的原故。是的！我两眼发黑。我这里、这里……”

他指着胸口，晕过去了。

当他苏醒过来时，阿尔卡季想采取强迫措施。他想强迫瓦夏睡到床上去。瓦夏怎么也不同意。他哭，拧自己的两手，他要写，一定要把他那两页抄完，为了不使他生气，阿尔卡季让他坐到稿纸旁。

“你看，”瓦夏一边坐到位子上一边说，“你看，我有主意了，有希望了。”

他对着阿尔卡季微微一笑，惨白的面庞的确好像被希望的光芒照得活跃起来了。

“是这样好了：后天，我不把全部送去。关于其余的部分，我向他撒个谎，告诉他说有的烧掉了，有的打湿了，有的丢掉了……最后我才说没抄完。我不会撒谎。你知道我会怎么向他解释吗？我把一切都原原本本告诉他。我要对他说，如此如此，这般这般，我不能……我要对他说说我的爱情，他自己也是前不久结婚的，他会理解我的！所有这一切，当然，我要做得恭恭敬敬，悄悄地进行。他会看到我的眼泪，眼泪水会打动他的……”

“对，当然你要去，你快去找他，解释清楚……不过，这里眼泪倒用不着！为什么呢？瓦夏，你倒真把我吓坏了。”

“是的，我去，一定去。可现在你让我写，让我写下去，阿尔卡沙！我不惊动任何人，让我写吧！”

阿尔卡季扑到床上。他不相信瓦夏，根本不相信，瓦夏是什么事都干得出来的。但是请求宽恕吗？宽恕什么，怎么宽恕呢？问题不在那里。问题在于瓦夏没有尽到职责，瓦夏觉得自己对不起自己，觉得自己对不起命运，没有报答命运。因此瓦夏受到幸福的压抑和震撼，认为自己对不起幸福，最后，他老是寻找借口朝这个方向走去，而从昨天起，他就没有从突然得来的幸福中清醒过来。“原来是这么回事！”阿尔卡季·伊凡诺维奇想道，“必须救他出来，应该使他与自我和解。他是自己与自己过不去。”他想了又想，反复琢磨，决定立即去找尤利安·马斯塔科维奇，明天就去，把一切都告诉他。

瓦夏坐在那里抄写。疲惫不堪的阿尔卡季·伊凡诺维奇躺在床上，想再次认真把事情思考一番，不料一觉睡了下去，到天亮前才醒来。

“哎呀，真见鬼！又糟了！”他看了看瓦夏就嚷叫起来。瓦夏正坐着抄写。

阿尔卡季跑到他身边，一把把他抱住，强行放到床上。瓦夏微微笑着，他的两只眼睛由于过度疲劳而合上了。他几乎说不出话来。

“我自己也很想躺下睡一觉，”他说道，“你知道，阿尔卡季，我有个想法：我会干完的。我加速书写！我不能再坐下去了。你八点叫我醒来！”

他话没说完就睡着了，睡得像死过去一样。

“玛夫娜！”阿尔卡季·伊凡诺维奇悄声对提茶壶进来的玛夫娜说道，“他请求一小时以后叫醒他。不能以任何理由去打扰他！让他好好地睡一觉，就是睡十个小时也行。明白吗？”

“我明白，老爷！”

“午饭你不用做了，柴也不用劈，不要嚷叫，不然有你好看的！如果他问我，你就告诉他我上班去了，明白吗？”

“我明白，老爷！让他尽情地睡，关我什么事呢！老爷睡觉我高兴，老爷的东西，我守着。前些天，打烂了一个茶碗，老爷责备我，其实不是我，而是小猫打碎的，不过我没看好猫，我说，去，该死的东西！”

“嘘，别说话，别说话！”

阿尔卡季·伊凡诺维奇把玛夫娜送进厨房，要了钥匙，然后将她锁在那里。随后他就上班去了。一路上，他翻来复去地想，他怎么去见尤利安·马斯塔科维奇，这样去方便吗？不冒失吗？他是怀着耽心的心情来到办公室的，他怯生生地打听，大人是否在这里。回答是：他不在，而且也不会来。阿尔卡季·伊凡诺维奇突然想起要上他家里去找，但及时地转念一想：既然尤利安·马斯塔科维奇没来上班，那就是说他可能在家里有事。于是他留下来了。他觉得时间显得无限地长。他顺便打问了一下交给舒姆科夫那份工作的情况，但是谁也不知道。只知道尤利安·马斯塔科维奇给了他一份特殊的任务，究竟是什么任务，谁也不知道。最后，时钟敲响了三下，阿尔卡季·伊凡诺维奇便跑回家去。在这厅里，一个文书把他拦住，说瓦西里·彼得罗维奇·舒姆科夫来过，大概是十二点多的时候。文书又补充说，他问过您和尤利安·马斯塔科维奇是否在这里。一听这话，阿尔卡季·伊凡诺维奇便雇上一辆马车，赶回家去，心里吓得要死。

舒姆科夫在家。他在房里走来走去，心情极其激动。望了望阿尔卡季·伊凡诺维奇以后，他好像马上恢复过来了，头脑清醒了，于是急忙掩饰自己的激动。他默默地坐下来抄写。好像他回避回答自己朋友提出的问题，这些问题使他感到沉重，他自己在暗暗地想好了一个什么决定，但已下决心不把自己的决定公开出来，以后也决不再依赖友谊。这使阿尔卡季大吃一惊，他的心受到了重重的一击，感到极大的痛苦。他坐在床上，把他拥有的、唯一的一本小书翻开来，但他自己的两眼却一直目不转睛地盯着瓦夏苍白的面孔。瓦夏还是顽强地沉默着，不停地抄写，头也没抬。这样过去了好几个小时，阿尔卡季的痛苦发展到了极点。十点多钟的时候，瓦夏终于抬起头来，用迟钝、呆滞的目光看了看阿尔卡季。阿尔卡季一直在等待。过了两三分钟，瓦夏仍然没有开口说话。

“瓦夏！”阿尔卡季喊了一声，瓦夏没有回答。“瓦夏！”他从床上跳下来，又喊了一声。“瓦夏，你出什么事啦？你怎么啦？”他一边喊叫，一边跑到瓦夏的身边。瓦夏抬起头来，又望了望他，目光还是那么迟钝、呆滞。“他发呆了。”阿尔卡季这么一想，吓得全身发抖。他抓起一瓶冷水，然后把瓦夏喊起来，给他头上浇水，打湿他的太阳穴，用自己的两手给他搓手。于是瓦夏清醒过来了。“瓦夏，瓦夏！”阿尔卡季连连喊叫，泪流满面，再也止不住了。“瓦夏，你千万不要毁了自己，你想起来了吧，快快想起来！……”他没把话说完，热烈地把他抱在自己的怀里。一种沉重的感觉，掠过瓦夏的全身。他搓搓自己的额头，狠狠地抓住自己的脑袋，好像怕它会飞走似的。

“我不知道我是怎么搞的！”他终于开口说话了。“我好像受了重重的内伤，痛苦极了。不过，现在好了！够啦，阿尔卡季，你不要悲伤！够了！”他用忧郁的、疲惫不堪的目光望着阿尔卡季再三反复说道。“你干吗感到不安呢！够啦！”

“你这是，你是在安慰我，”阿尔卡季大声嚷叫，他的心都碎了。“瓦夏，”他终于说道，“你躺下，睡一会儿，好吗？不要白白地折磨自己！最好以后再坐下来抄写！”

“对，对！”瓦夏重复说道，“你放心！我就躺下，好。对！你知道吗，我想干完，但现在改变主意了，对……”

于是阿尔卡季把他拖到床上。

“你听着，瓦夏，”他坚决说道，“必须彻底解决这个问题！你告诉我，你到底是怎么想的？”

“哎呀！”瓦夏说完就挥了一下虚弱的手，把头扭到了另一个方向。

"算了吧，瓦夏，你算了吧！快下决心！我不希望成为杀害你的凶手。我再也不能保持沉默了。我知道，既然你没下决心，你是睡不着的。"

"随你怎么想吧，随你的便。"瓦夏神秘莫测地重复说道。

"他让步了！"阿尔卡季·伊凡诺维奇这么想道。

"你听听我的话，瓦夏，"他说道，"你回想一下我对你说过的话，我明天一定救你，我明天要决定你的命运！我说的是什么？是命运！瓦夏，你把我吓糊涂了，吓得我学着你的腔调说话。多悲哀！简直是一派胡言乱语，尽是无稽之谈。你不想失去尤利安·马斯塔科维奇对你的好感，对你的偏爱。是的！如果你愿意，你是可以不失去的，这一点你会看到的……我……"

阿尔卡季·伊凡诺维奇还可以谈很久，但瓦夏把他的话打断了。他在床上稍稍抬起自己的身子，默默地用两手搂住阿尔卡季·伊凡诺维奇的颈脖子，吻了又吻。

"够啦！"他用虚弱的声音说道，"够啦！这事已经说够啦！"

接着他又把脑袋转过来，对着墙壁。

"我的天啦！"阿尔卡季想道，"我的天啦！他出什么事啦？他完全糊涂了。他怎么决定这么干呢？他一定会毁了他自己的。"

阿尔卡季绝望地望着他。

"如果他是得病，"阿尔卡季想道，"那可能还好些。病一好，担心也就会随着过去，一切事情都会很好处理。我在胡说什么呀！哎呀，我的主呀！……"

与此同时，瓦夏似乎开始打盹了。阿尔卡季·伊凡诺维奇非常高兴。"好征兆！"他想道。他决定整夜坐在他身边。但是瓦夏自己并不心安。他时不时地抖动，在床上翻来复去，有时又睁开眼看一阵子。最后，疲倦占了上风，他似乎睡下去了，像死人一样。时间已经将近午夜两点。阿尔卡季·伊凡诺维奇手肘靠在桌子上，身子坐在椅子上睡着了。

他做的梦是非常奇怪而且令人担心的。他老是觉得他没有睡，瓦夏仍然躺在床上。但是这事真怪！他觉得瓦夏正在做假，甚至正在对他进行欺骗，眼看就要悄悄地爬下床来，半睁半闭两眼看着他，然后偷偷地坐到写字台前。一阵剧痛刺激着阿尔卡季的心。看着瓦夏不信任他、躲着他、而且想方设法藏起来，阿尔卡季又是恼火，又是忧伤，又是难过。他想抱住瓦夏，大声喊叫，把他抱到床上去……当时瓦夏在他的手上大喊大叫，而他抱到床上去的只是一具没有呼吸的僵尸。阿尔卡季的额头，冷汗直冒；他的心在可怕地跳动。他睁开两眼，醒过来了。瓦夏正坐在他面前的写字台后面抄写。

阿尔卡季不相信自己的感觉，朝床上望了一眼：那里没有瓦夏。阿尔卡季还没有摆脱恶梦的影响，吓得跳了起来。瓦夏一动也没动，一直在抄写。阿尔卡季突然可怕地发现，瓦夏正在用一支没有蘸水的笔，在纸上写来写去，把根本没有写上字的白纸一页一页地翻过去。他急急忙忙地写着，想尽快把纸写满，好像他在以最好的方式，最顺利地进行工作！

“不，他这不是发呆！”阿尔卡季·伊凡诺维奇想道，全身发抖。“瓦夏，瓦夏！你回答我呀！”他抓住瓦夏的肩膀叫道。但是瓦夏默不做声，仍然用不沾水的笔继续在纸上书写。

“我到底还是加快了书写的速度，”他说着，没有抬起头来望阿尔卡季。

阿尔卡季抓住他的一只手，把他的笔抢了过去。

瓦夏的胸中发出一声呻吟。他垂下一只手，抬起一对眼睛，望着阿尔卡季，然后带着一种疲倦而又痛苦的神情用手摸摸前额，似乎想从自己的身上，卸下压在自己身上的一个什么铅一样的沉重包袱，然后轻轻地把头垂到胸前，好像他坠入了沉思。

“瓦夏，瓦夏！”阿尔卡季·伊凡诺维奇绝望地叫喊，“瓦夏！”

过了一会儿，瓦夏看了看他。泪水挂在他的一对天蓝色的大眼睛上，他那苍白而温和的面庞表露出无穷的痛苦……

他在悄悄地说着什么。

“什么，你在说什么呀？”阿尔卡季俯身对着他，嚷叫起来了。

“为什么呢，为什么对我这样？”瓦夏悄声说道，“为什么？我干了什么呢？”

“瓦夏！你说什么？你怕什么呀，瓦夏？怕什么呀？”阿尔卡季一边绝望地拧着手，一边大叫大嚷。

“为什么要送我去当兵？”瓦夏直望着自己朋友的眼睛说道，“为什么？我到底干了什么坏事？”

阿尔卡季头上的毛发倒竖着。他不愿意相信。他呆呆地站在瓦夏身旁，活像一个死人。

过了一会儿瓦夏醒过来了。“这是一瞬间的事，会过去的！”阿尔卡季自言自语，脸色苍白，嘴唇发青，不停地抖动，随后就跑去穿衣。他想直接跑去找大夫。瓦夏突然把他喊住。阿尔卡季朝他扑过去，把他抱住，就像亲生的儿子有人来抢的母亲……

“阿尔卡季，阿尔卡季，你不要告诉任何人！你听着，灾难是我的！让我一个人去承担……”

“你说什么？你说什么？你醒醒，瓦夏，你醒醒吧！”

瓦夏叹了一口气，于是，泪水便静静地沿着他的双颊开始流淌。

“为什么要害她呢？她有什么罪，她到底有什么错呢！……”他喃喃地说着，声音充满了痛苦，撕心裂肺。“我的罪过，是我的罪过呀！……”

他沉默了一会儿。

“永别啦，我亲爱的人啊！永别啦，我亲爱的人啊！”他一边小声地说着，一边摇晃着自己可怜的脑袋。阿尔卡季浑身一抖，清醒过来了，想跑去请医生。“我们走吧，到时候啦！”瓦夏受到阿尔卡季刚才动作的吸引，喊叫起来。“我们走，老兄，我们走，我已准备好了！你送我走吧！”他不再说话，用呆滞的怀疑目光，望了望阿尔卡季。

“瓦夏，看在上帝的面上，你别催我走！你在这里等我。我马上，马上就回到你这儿来，”阿尔卡季·伊凡诺维奇说道。他自己也慌了，抓起帽子就跑去请医生。瓦夏马上坐了下来，他是平静而听话的。只是他的眼睛里流露出一种不顾一切的决心。阿尔卡季回来了，他从桌上抓起一把弄弯了的削铅笔用的小刀，最后一次望了望可怜的瓦夏，跑出了住所。

时间已是七点多了。阳光早已驱散了房里的昏暗。

他什么人也没找到。他已经跑了整整一小时，向门房打听医生的住处，打听的结果是所有的医生都不在家，有的因公，有的因私都出去了。

只有一个医生接待病人。仆人禀告说涅菲杰维奇来了，这位医生对仆人盘问了好久，问得非常仔细：什么人，谁派来的，有什么要求，甚至问到这位早晨的来访者有什么相貌特征？最后得出的结论是不行，工作太多，离不开，这类病人需要送医院。

当时，受到震动的阿尔卡季，垂头丧气，怎么也没有料到是如此结局，便抛开一切，抛开所有的医生，急忙动身回家。他已经为瓦夏担心到了极点。他跑进住宅时，玛夫娜像没有发生任何事似地，正在擦地板、劈碎引火柴，准备生炉火。他走进房内，瓦夏的踪影全无，他已从院子里走出去了。

“哪去了呢？他在哪里？这个不幸的人会跑到哪里去呢？”阿尔卡季这么一想，吓得周身冰凉。他开始盘问玛夫娜。她竟然一问三不知，没看见也没听到他是怎么走出去的，上帝宽恕她吧！涅菲杰维奇立即朝科洛姆纳地区奔去。

上帝知道，为什么他想到瓦夏在哪里。

他到达那里，已经九点多了。那里的人没想到他会去，他们什么也不知道，什么也没看见。他站在他们面前神情沮丧，吓得很厉害，一再问他们瓦夏在那里？老太太双腿一软，跌到了沙发上。丽扎卡吓得浑身哆嗦，开始询问发生的情况。说什么呢？阿尔卡季赶紧把话岔开，编造了一大通谎话，当然他们并不相信。于是他跑走了，让所有的人留在惊慌之中受罪。他跑到了自己的工作机关，一则起码做到没有迟到，其次是让他们知道情况，尽快采取措施。一路上他突然想起，瓦夏一定在尤利安·马斯塔科维奇那里。这是最可能的。他首先想到的就是这里，其次才是住在科洛姆纳区的那一家。他乘车经过大人的住处时，他本想停下来，但马上吩咐车夫继续往前走。他决定先打听一下，大人是否去了机关，如果不在那里，然后再去见大人，至少可以把瓦夏发生的情况，向他禀报。总得要向上司禀报嘛！

还在接待室里，他就受到青年同事们的包围。这些人在官阶上大多与他平级，他们异口同声地问他瓦夏出了什么事？他们又同时都说瓦夏已经发疯，并且胡说有人要将他送去当兵，因为他没有好好地完成工作任务。阿尔卡季·伊凡诺维奇回答了所有各个方面提出的问题，或者确切地说，没有正面回答任何人的问题，他在竭力保持内心的平静。他在路上打听到瓦夏在尤利安·马斯塔科维奇的办公室里，于是大家都涌到了那里，埃斯别尔·伊凡诺维奇也到那里去了。他本应停下来。有个职务比他高的人问他到哪里去，有什么事要办？他没看清此人的面孔，说了几句关于瓦夏的话，就径直走进办公室。从那里面传出的是尤利安·马斯塔科维奇的声音。在门口边，不知是谁在问他："您到哪里去？"阿尔卡季·伊凡诺维奇几乎被叫慌了神。他本想转身往回走，但从稍稍打开的门缝里，看到了他可怜的瓦夏。他打开门，好歹挤进了房里。那里面乱作一团，笼罩着一片疑惑不解的气氛。看样子，尤利安·马斯塔科维奇非常难过。职务重要一点的人，都站在他身旁，议论纷纷，但什么决定也没有作出。瓦夏站在稍远一点的地方。阿尔卡季望了一眼，胸口顿时发堵。瓦夏站在那里，脸色苍白，昂着头，身子挺得笔直，两手紧贴着裤侧缝。他两眼直勾勾地望着尤利安·马斯塔科维奇的眼睛。阿尔卡季·涅菲杰维奇马上被人发现了，有个知道他和瓦夏同住在一起的人，向大人作了禀报。于是阿尔卡季被带了过去。他想回答提出的问题，望了望尤利安·马斯塔科维奇，发现大人的脸上，表露着真诚的怜惜之情，他心地为之一震，不由得像孩子一样，痛哭号啕起来。他甚至更进了一步：跑过去抓住大人的手，送到自己的眼睛边，让泪水滴到了手上，使得尤利安·马斯塔科维奇不得不赶紧抽出来，在空中一挥，说道："唔，算了吧。老弟，算了，看得出来，你有一颗善良的心。"阿尔卡季一边放声大哭，一边频频向所有的人投过去哀求的目光。他觉得，所有的人都是他可怜的瓦夏的兄弟，他们也都为瓦夏难过、哭泣。"怎么会，他怎么会出这种事呢？"尤利安·马斯塔科维奇说道，"他到底是为什么发疯呢？"

"为了报……报恩！"阿尔卡季·伊凡诺维奇好不容易才说出来。

他们听了他的回答，疑惑不解。他们觉得他 的回答是奇怪的，难以令人难以置信：为什么一个人因为报恩就可能发疯呢？阿尔卡季竭尽所能，加以解释。

"天哪，多可惜！"尤利安·马斯塔科维奇终于开口说话了。"其实，交给他的那件工作并不重要，而且根本不急。一个人就这么给毁了！没法子，快把他带走吧！……”这时，尤利安·马斯塔科维奇又转身对着阿尔卡季·伊凡诺维奇，又开始详详细细地问他。“他要求，”他指着瓦夏说道，“不要将此事告诉一位什么姑娘，她是他的未婚妻吗？”

阿尔卡季开始加以解释。就在这个时候，瓦夏似乎在想一件什么事，好像怀着极其紧张的心情，想起了一件正是现在用得着的重要东西。他有时痛苦地转动一双眼睛，好像希望别人提醒他忘记了的事情。他两眼直望着阿尔卡季。最后，似乎希望之光突然在他的眼睛里闪了一下，他左脚向前跨出三步，尽量走得灵活一些，然后就像士兵一样，甚至用右靴子咯的一声靠了上去，走到叫唤他的军官面前。大家都在等着看他还要干什么。

“我生理上有缺陷，大人，气力弱，个子小，我不适合当兵。”他断断续续说道。

这时，所有在房里的人，不管他是谁，都觉得好像有人在揪他们的心，甚至像性格非常坚强的尤利安·马斯塔科维奇，也止不住流出了眼泪。“快把他带走，”他把手一挥，然后说道。

“是！”瓦夏轻轻地说道，然后身子由左向后转，走出房去。凡是关心他的命运的人，也跟在他的后面跑了出去。阿尔卡季跟在其他人的后面挤。大家让瓦夏坐在接待室，等候吩咐，等马车来送他上医院。他默默地坐着，似乎心中非常不安。认出一个人来，就向那人频频点头，好像要同那人告别似的。他隔一会儿就朝门口望一望，等着别人说：“该走啦！”他四周紧紧地围了一圈人，他们全都摇头叹息。他的经历已经尽人皆知，使不少人感到震惊。有些人议论，另一些则对瓦夏表示惋息和赞叹，说他是一位谦虚、文静的青年，前程无可限量；也有些人说他学习刻苦努力，待人彬彬有礼，是一个努力上进的人。“他是靠自己的力量出人头地的！”有人这么说道。大家以赞美的口吻谈到大人对他的偏爱。有些人开始解释他发疯的原因，为什么瓦夏想到他没完成工作任务，就会被送去当兵呢？有些人说这个可怜人不久前才从纳税人变为小职员，而且这全靠尤利安·马斯塔科维奇善于发现他有才华，听话，而且少有的温顺。总而言之，大家议论纷纷，莫衷一是。在受到震惊的人中，有一个人特别引人注目，他个子很小，是瓦夏·舒姆科夫的同事。他还相当年轻，大概三十岁左右。他面色惨白，浑身颤抖不停，而且笑得很奇怪，也许是因为任何一件荒唐事或者可怕的场面，都会使旁观者既感到可怕，又似乎感到有点高兴的原故。他在包围瓦夏·舒姆科夫的人群周围，不时地跑动，因为他个子矮小，有时踮起脚尖，有时抓住别人的纽扣（当然是抓他有权抓的人），并且老是说这一切发生的原因，他全知道，还说这件事不但不简单，而且相当重要，不能放下不管。后来他又踮起脚尖，附着一位看者的耳朵、低声咕噜了一通，又点了两下头，继续跑去。最后，一切就要结束了：来了一位看门的，医院里来了一名护士。他们走到瓦夏身旁，告诉他该走了。他跳起来，忙乎了一阵，左顾右盼地跟着他们走去。他一直在用眼睛找一个什么人！“瓦夏！瓦夏！”阿尔卡季·伊凡诺维奇一边痛哭号啕，一边大声叫喊。瓦夏停下脚步，阿尔卡季也挤到了他的身边。他们最后一次相互拥抱，紧紧地搂在一起……看着他们的样子，真叫人难过！多么荒唐的不幸使他们泪如雨下啊！他们在哭什么呢？这灾难在哪里？为什么他们相互不理解呢？……

“给，给，你拿着！把这个好好保存起来，”舒姆科夫一边说，一边把一个小纸包塞到阿尔卡季的手里。“他们会从我这里拿走的。你以后给我带来，带来；你要好好保存……”瓦夏没把话说完，就被叫住了。他急急忙忙从楼梯上跑下去，向大家频频点头，同大家道别。他脸上是一片绝望的表情。最后他被塞进马车，拉走了。阿尔卡季赶紧打开纸包一看，原来是丽扎的那撮黑发。对于这撮黑发舒姆科夫是怎么也舍不得离开的。阿尔卡季的眼里立即涌出一串串的热泪。“啊呀，可怜的丽扎！”

下班的时间一到，他就去找科洛姆纳区里的那一家人。那里的情况就不必说了！连别佳，根本不理解善良的瓦夏出了什么事的小别佳，也走到房角里，小手捂着脸，放声痛哭起来。阿尔卡季回到家里，已是夜色朦朦了。他走到涅瓦河边，站立了一会儿，沿着河岸极目远眺，远方烟雾迷漫，寒冷、混浊，血红的晚霞在远方的天边，形将熄灭，但它的余辉却突然把远方染得通红。夜幕降临到城市的上空，涅瓦河两岸是一片万里无垠、因冻雪而膨胀的原野，照着夕阳的余辉，闪烁着无数针状形的雪霜，好像点点火花。气温达到了零下二十度……被赶得快要累死的马匹身上，从奔跑的人们的身上散发出冰结的水气。任何一点细小的声音，都能使受到压抑的空气颤抖起来。沿河两岸的房顶上空升起的烟柱，在上升的途中时分时合，沿着寒冷的天空，向上飞腾，好像旧房子上面又出现了新的房屋，在空中形成了一座新的城市……最后，好像这整个世界，包括它的全体居民，强者与弱者，连同他们所有的住房，穷人的贫民窟，乞丐的收容所，或者金碧辉煌的宫殿——这个世界强者的乐园，在这薄暮的时刻，活像一场荒诞离奇的神秘幻想，一场马上就会消失的幻梦，化成一缕青烟，飘向深蓝色的天空。一个奇怪的念头，突然出现在因失去可怜的伙伴瓦夏而变得孤苦伶仃的阿尔卡季·伊凡诺维奇的脑海中。他的身子抖动了一下，他的心里好像在一刹那间，突然热血沸腾，这是一种强大的、他迄今为止尚不熟悉的感觉造成的。他似乎直到现在才完全理解这种胆战心惊的心情，直到现在才知道为什么他可怜的瓦夏经不起自己幸福的考验，居然发疯。他的两唇开始颤抖，眼睛发花，他的脸色开始变得苍白起来，好像此刻看到了什么新的东西……

他变得寂寞无聊、郁郁寡欢，失去了往日的愉快。他憎恨原来的住房，另租了一套。他不想去看科洛姆纳厄的那一人家，当然也无法可去。两年以后，他在教堂里遇见丽扎卡。她已经结婚，后面跟着她妈妈，抱着一个吃奶的婴儿。他们相互问好以后，好长时间都回避谈论往事。丽扎卡说，她谢天谢地，非常幸福，她不穷，丈夫为人善良，她很爱他……突然，在言谈之中她的两眼，噙满了泪水，声音低了下去，她赶紧背转身去，靠在教堂的台架上，为的是不让人看到她的痛苦……

终身不笑者的故事

节选自《一千零一夜》

相传很久以前，有一个财主，有很多田产地业，家里车马、婢仆成群，过着荣华富贵的生活。他死的时候，只有一个年幼的独生子继承祖业。

儿子逐渐长大，由于财产如山，他过起了享乐生活，终日沉溺于花天酒地之中。他为人慷慨，乐善好施，挥金如土。几年下来，父亲留下的钱被他花得干干净净。于是，他只好出卖婢仆和变卖家产，勉强维持生活，到后来变得一无所有，缺衣少食，没办法，他只好卖苦力，靠做短工糊口。过了一年，有一天，他坐在一堵墙下，等着别人雇他做工。这时，一个衣冠楚楚、面容慈祥的老人走过来，跟他打招呼。他觉得奇怪，问道：

“老伯，你认识我吗？”

“不，我不认识你，孩子。可我看你现在虽然落泊，但在你身上却有富贵的迹象呢。”

“老伯，这都是命中注定，你需要雇我做活吗？”

“是的，我可以请你去做一些简单的家务活。”

“什么事，老伯，告诉我吧。”

“我家里有十个老人需要照料。你能吃饱穿好，我除了付你工资，还要给你一些额外的报酬。说不定托主的福，你会得到你所失去的一切呢！”

“明白了，谨遵所命。”青年欣然答应。

“我还有一个条件。”

“什么条件，请说吧。”

“你必须保守秘密。如果你看见我们伤心哭泣，不许问我们为什么哭泣。”

“好的，老伯，我不问就是。”

“托主的福，孩子，你跟我来吧。”

于是，老人带着青年上澡堂，让他洗掉身上的污秽，换上一套崭新的布衣服，然后带他回家。

老人的家是一幢坚固、宽敞、高大的房屋，里面房间很多，大厅中央有喷泉，养着雀鸟，屋外还有花园。他们来到大厅，厅里彩色云石的地板上铺着丝毯，镶金的天花板灿烂夺目。屋里有十个年迈的老人，他们个个身穿丧服，相对伤心饮泣。眼看这种情景，他觉得奇怪，很想问明白，但想起老人提出的条件，便默不做声。接着老人给他一个匣子，里面盛着三千金币，对他说：

“孩子，我把这些钱交给你来维持我们的生活，一切都托付给你了。”

“是。”他愉快地接受了老人的托付，开始服侍照料这些老人。

他精心安排他们的生活，一切都亲自过问，和他们平安愉快地生活在一起。但没过几天，老人中的一个就害病死了，他们伤心地洗涤、装殓好同伴的尸体，把他葬在后花园中。

以后的几年中，这些老头子一个一个地死去，最后只剩下两人，一老一少，相依为命。

又过了几年，这个老头也生了病，生命垂危。青年不由惭愧地对他说：“老伯，我可是勤勤恳恳地伺候你们，向来小心谨慎的呀！十二年了，我可没偷懒呢。十二年如一日。”

“不错，我的孩子。你精心照料我们这些年，确实勤恳。现在老人家们先后去世，那不奇怪，我们活着的人，迟早也是要去见主的。”

“我的主人哟！你如今卧床不起，病情很沉重。能否在此时告诉我，你们长期苦闷、伤心、哭泣的原因呢？”

“孩子，你别难为我吧，这些事你不需要知道。我向主祈祷过，希望他保护人类，别再让人们像我们这样悲哀地生活。你如果不想重蹈我们的覆辙，希望你千万别开那道房门。”他伸手指着一道房门，警告青年，“如果你定要知道这其中的原因，就去开那道门吧，门开了，你就明白了，但你也难逃我们那种劫难，到那时候，你懊悔就来不及了。”

老人的病势越发沉重，最后终于瞑目长逝。

青年把他的尸体葬在园中，挨着他的同伴们。这以后，剩下他孤零零的一个人，不知做什么才好。他惶惑不安，老人们的事情吸引、侵扰着他。他想起老人临终嘱咐他，不许他开那道房门，一时被好奇心驱使，他决心看个究竟。于是他一骨碌爬起来，走了过去，仔细打量，那是一道十分别致的房门，门上上了四把钢锁，门楣上蛛网尘封。

老人临终时的警告警示着他，他不由得离开那道房门。可是，想去开门的心情始终烦扰着他。他彷徨、犹豫了七天，到第八天，他再也坚持不住，自言自语地说："主的判决无法避免，一切都是命中注定，我一定要开门，看它到底能给我带来什么遭遇。"于是他冲到门前，打破锁，推开门。

门开后，出现了一条狭窄的通道，他不顾一切，朝里走去，大约三个钟头后，他来到无边无际的大海边，他感到惊奇，张望着在海滨徘徊。突然一只大雕从天空扑下来，抓起他飞向高空。飞了一阵，大雕落在一个海岛上，把他扔在那里，飞走了。

他独自在孤岛上，无路可走。有一天，他正坐在海边哀叹，突然看见海面上远远出现一只小船，这使他希望顿生，他心情惶惑地等待小船驶近。

小船终于驶到岸边。他仔细一看，原来是一只用象牙和乌木精制的小艇。船身用金属磨得闪闪发光，船上配着檀木桨舵，里面坐着十个美如天仙的女郎。女郎们一起登岸，吻了他的手，对他说："你是女王的新郎哪！"接着一个婀娜多姿的女郎走近他，打开手里的丝袋，取出一袭宫服和一顶镶嵌珠宝的金王冠，给他穿戴起来。然后，她们带他上船，起桨出发。

船上铺着各种彩色的的丝绸垫子。他看着这一切富丽堂皇的装饰和美丽的女郎，以为自己是在做梦。他想，她们会把船划到哪儿去呢？

划了一阵，小船驶到一处岸边。

他抬头一看，岸上无数兵马列阵，武装齐备，铠甲明灿。已经给他预备了五匹骏马，金鞍银辔，光彩夺目。他跨上其中的一匹，让另四匹跟在后面，于是兵马分成两列，簇拥着他。只见鼓乐喧天，旗帜招展，在隆重的仪式中，他们浩浩荡荡地前进。

他不禁疑惑迷茫，很难相信这是事实。

走着走着，来到一处广阔的地带，那儿矗立着一座宫殿，周围有庭园和茂密的森林、湍急的小河、盛开的香花以及歌唱的飞禽，景致美丽幽静。

一会儿，一队队人流从宫殿里涌到草坪上，人们都围他，接着一位国王骑着骏马，带领仆从来到他面前，他赶忙下马，向国王致敬。

国王说："来吧，现在你是我的客人。"于是两人跨上坐骑，谈笑着来到王宫门前，他们这才双双下马，手牵手地进入宫中。

国王让他坐在一张镶金交椅上，自己挨着他坐下。她取下头上的面纱，露出本来面目。

原来她是一个满面春风、美丽可爱的巾帼英雄，她的美丽和富丽堂皇的场面，令这位青年惊奇、羡慕不已。女王对他说："你要知道，我是这里的女王，你所看见的那些士兵，其实都是女的。这儿没有一个男子。在我们这个地方，男人负责耕田种地、修房筑屋，妇女则管理国家大事。妇女不但掌权，处理政府的事务，而且还要服兵役。"

青年听了这些，感到十分惊奇。

一会儿，宰相来到女王面前。她头发斑白、面貌庄重，是个威武的老太婆。女王吩咐她："给我们请法官、证人来吧。"

宰相领命，匆匆去了。女王亲切和蔼地跟青年谈话，安慰他，问道："你愿意娶我为妻吗？"

青年立刻站起来，跪下去吻了地面，道："陛下，我比你的仆人还穷。"

"你看到这些婢仆、人马、财产了吗？"

"是的，看见了。"

"这里的一切，你都可以随便使用。"她说道，又指着一道锁着的房门道："是的，一切你都可以随便支配使用，只是这道房门不许你开，否则你会懊悔的。"

说罢，宰相带了法官和证人来。青年一看，她们一个个全都是老太婆，长发披肩，摆着庄重严肃的架势。女王吩咐婚礼仪式开始，于是摆下丰盛的筵席，大宴宾客，盛况空前。

新婚之后，他和女王夫妻恩爱，过着快乐幸福的生活，不知不觉过了七个年头。

有一天，他想起那道锁着的房门，自言自语地说："里面一定藏着更精美的宝物，要不然，她怎么会禁止我开门的呢？"于是他一骨碌爬起来，毅然打开了房门，进去一看，原来里面关着从前把他抓到岛上的那只大雕。

大雕一见他，便对他说："你这个不听忠告的倒霉家伙！你不再受欢迎了。"

青年听了这话，回头便逃，大雕赶上去一把抓住他，飞腾起来，在空中飞了约一个钟头，把他扔在原先抓他的那处海滨，然后展翅飞去。

青年慢慢醒过来，坐在海边，想着在女王宫中掌权发号施令的荣耀，忍不住伤心后悔。

他盼望回到妻子宫中去，便待在海边观望，足足等了两个月。一天夜里，他在忧愁的缠扰下失眠，忽然不知从什么地方传来一个声音说道："你只能烦恼了，失去了的，要想得到它，那谈何容易啊！谈何容易啊！"

他听了那声音，知道没有希望重叙旧情了，不由大失所望，悲哀至极。他无可奈何，又回到七年前老头们居住的屋子里，忽然明白了一切。老头们当时的境遇和自己目前的遭遇不是一样吗？这也就是他们忧愁苦恼、伤心哭泣的原因呀。

从此，他住在那幢房子里，寂寞冷落，忧郁苦闷地度日，不停地悲哀哭泣。

那以后，他终身不再言笑，直至瞑目长逝。

山地回忆

孙犁

从阜平乡下来了一位农民代表，参观天津的工业展览会。我们是老交情，已经快有十年不见面了。我陪他去参观展览，他对于中纺的织纺，对于那些改良的新农具特别感到兴趣。临走的时候，我一定要送点东西给他，我想买几尺布。

为什么我偏偏想起买布来？因为他身上穿的还是那样一种浅蓝的土靛染的粗布裤褂。这种蓝的颜色，不知道该叫什么蓝，可是它使我想起很多事情，想起在阜平穷山恶水之间度过的三年战斗的岁月，使我记起很多人。这种颜色，我就叫它“阜平蓝”或是“山地蓝”吧。

他这身衣服的颜色，在天津是很显得突出，也觉得土气。但是在阜平，这样一身衣服，织染既是不容易，穿上也就觉得鲜亮好看了。阜平土地很少，山上都是黑石头，雨水很多很暴，有些泥土就冲到冀中平原上来了——冀中是我的家乡。阜平的农民没有见过大的地块，他们所有的，只是像炕台那样大，或是像锅台那样大的一块土地。在这小小的、不规整的，有时是尖形的，有时是半圆形的，有时是梯形的小块土地上，他们费尽心思，全力经营。他们用石块垒起，用泥土包住，在边沿栽上枣树，在中间种上玉黍。

阜平的天气冷，山地不容易见到太阳。那里不种棉花，我刚到那里的时候，老大娘们手里搓着线缍。很多活计用麻代线，连袜底也是用麻纳的。

就是因为袜子，我和这家人认识了，并且成了老交情。那是个冬天，该是一九四一年的冬天，我打游击打到了这个小村庄，情况缓和了，部队决定休息两天。

我每天到河边去洗脸，河里结了冰，我登在冰冻的石头上，把冰砸破，浸湿毛巾，等我擦完脸，毛巾也就冻挺了。有一天早晨，刮着冷风，只有一抹阳光，黄黄的落在河对面的山坡上。我又登在那块石头上去，砸开那个冰口，正要洗脸，听见在下水流有人喊：

“你看不见我在这里洗菜吗？洗脸到下边洗去！”

这声音是那么严厉，我听了很不高兴。这样冷天，我来砸冰洗脸，反倒妨碍了人。心里一时挂火，就也大声说：

“离着这么远，会弄脏你的菜！”

我站在上风头，狂风吹送着我的愤怒，我听见洗菜的人也恼了，那人说：

“菜是下口的东西呀！你在上游洗脸洗屁股，为什么不脏？”

“你怎么骂人？”我站立起来转过身去，才看见洗菜的是个女孩子，也不过十六七岁。风吹红了她的脸，像带霜的柿叶，水冻肿了她的手，像上冻的红萝卜。她穿的衣服很单薄，就是那种蓝色的破袄裤。

十月严冬的河滩上，敌人往返烧毁过几次的村庄的边沿，在寒风里，她抱着一篮子水沤的杨树叶，这该是早饭的食粮。

不知道为什么，我一时心平气和下来。我说：

“我错了，我不洗了，你在这块石头上来洗吧！”

她冷冷地望着我，过了一会才说：

“你刚在那石头上洗了脸，又叫我站上去洗菜！”

我笑着说：

“你看你这人，我在上水洗，你说下水脏，这么一条大河，哪里就能把我脸上的泥土冲到你的菜上去？现在叫你到上水来，我到下水去，你还说不行，那怎么办哩？”

“怎么办，我还得往上走！”

她说着，扭着身子逆着河流往上去了。登在一块尖石上，把菜篮浸进水里，把两手插在袄襟底下取暖，望着我笑了。

我哭不得，也笑不得，只好说：

“你真讲卫生呀！”

“我们是真卫生，你是装卫生！你们尽笑我们，说我们山沟里的人不讲卫生，住在我们家里，吃了我们的饭，还刷嘴刷牙，我们的菜饭再不干净，难道还会弄脏了你们的嘴？为什么不连肠子都刷刷干净！”说着就笑得弯下腰去。

我觉得好笑。可也看见，在她笑着的时候，她的整齐的牙齿洁白得放光。

“对，你卫生，我们不卫生。”我说。

“那是假话吗？你们一个饭缸子，也盛饭，也盛菜，也洗脸，也洗脚，也喝水，也尿泡，那是讲卫生吗？”她笑着用两手在冷水里刨抓。

“这是物质条件不好，不是我们愿意不卫生。等我们打败了日本，占了北平，我们就可以吃饭有吃饭的家伙，喝水有喝水的家伙了，我们就可以一切齐备了。”

“什么时候，才能打败鬼子？”女孩子望着我，“我们的房，叫他们烧过两三回了！”

“也许三年，也许五年，也许十年八年。可是不管三年五年，十年八年，我们总是要打下去，我们不会悲观的。”我这样对她讲，当时觉得这样讲了以后，心里很高兴了。

“光着脚打下去？”女孩子转脸望了我脚上一下，就又低下头去洗菜了。

我一时没弄清是怎么回事，就问：

“你说什么？”

“说什么？”女孩子也装没有听见，“我问你为什么不穿袜子，脚不冷吗？也是卫生吗？”

“嗨！”我也笑了，“这是没有法子么，什么卫生！从九月里就反‘扫荡’，可是我们八路军，是非到十月底不发袜子的。这时候，正在打仗，哪里去找袜子穿呀？”

“不会买一双？”女孩子低声说。

“哪里去买呀，尽住小村，不过镇店。”我说。

“不会求人做一双？”

“哪里有布呀？就是有布，求谁做去呀？”

“我给你做。”女孩子洗好菜站起来，“我家就住在那个坡子上，

"她用手一指，"你要没有布，我家里有点，还够做一双袜子。"

她端着菜走了，我在河边上洗了脸。我看了看我那只穿着一双"踢倒山"的鞋子，冻得发黑的脚，一时觉得我对于面前这山，这水，这沙滩，永远不能分离了。

我洗过脸，回到队上吃了饭，就到女孩子家去。她正在烧火，见了我就说：

"你这人倒实在，叫你来你就来了。"

我既然摸准了她的脾气，只是笑了笑，就走进屋里。屋里蒸气腾腾，等了一会，我才看见炕上有一个大娘和一个四十多岁的大伯，围着一盆火坐着。在大娘背后还有一位雪白头发的老大娘。一家人全笑着让我炕上坐。女孩子说：

"明儿别到河里洗脸去了，到我们这里洗吧，多添一瓢水就够了！"

大伯说：

"我们妞儿刚才还笑话你哩！"

白发老大娘瘪着嘴笑着说：

"她不会说话，同志，不要和她一样呀！"

"她很会说话！"我说，"要紧的是她心眼儿好，她看见我光着脚，就心疼我们八路军！"

大娘从炕角里扯出一块白粗布，说：

"这是我们妞儿纺了半年线赚的，给我做了一条棉裤，剩下的说给她爹做双袜子，现在先给你做了穿上吧。"

我连忙说：

"叫大伯穿吧！要不，我就给钱！"

"你又装假了，"女孩子烧着火抬起头来，"你有钱吗？"

大娘说：

"我们这家人，说了就不能改移。过后再叫她纺，给她爹赚袜子穿。早先，我们这里也不会纺线，是今年春天，家里住了一个女同志，教会了她。还说再过来了，还教她织布哩！你家里的人，会纺线吗？"

"会纺！"我说，"我们那里是穿洋布哩，是机器织纺的。大娘，等我们打败日本……”

“占了北平，我们就有洋布穿，就一切齐备！”女孩子接下去，笑了。

可巧，这几天情况没有变动，我们也不转移。每天早晨，我就到女孩子家里去洗脸。第二天去，袜子已经剪裁好，第三天她已经纳底子了，用的是细细的麻线。她说：

“你们那里是用麻用线？”

“用线。”我摸了摸袜底，“在我们那里，鞋底也没有这么厚！”

“这样坚实。”女孩子说，“保你穿三年，能打败日本不？”

“能够。”我说。

第五天，我穿上了新袜子。

和这一家人熟了，就又成了我新的家，这一家人身体都健壮，又好说笑，女孩子的母亲，看起来比女孩子的父亲还要健壮。女孩子的姥姥九十岁了，还那么结实，耳朵也不聋，我们说话的时候，她不插言，只是微微笑着，她说：她很喜欢听人们说闲话。

女孩子的父亲是个生产的好手，现在地里没活了，他正计划贩红枣到曲阳去卖，问我能不能帮他的忙。部队重视民运工作，上级允许我帮老乡去作运输，每天打早起，我同大伯背上一百多斤红枣，顺着河滩，爬山越岭，送到曲阳去。女孩子早起晚睡给我们做饭，饭食很好，一天，大伯说：

“同志，你知道我是沾你的光吗？”

“怎么沾了我的光？”

“往年，我一个人背枣，我们妞儿是不会给我吃这么好的！”

我笑了。女孩子说：

“沾他什么，他穿了我们的袜子，就该给我们做活了！”

又说：

“你们跑了快半月，赚了多少钱？”

“你看，她来查账了，”大伯说，“真是，我们也该计算计算了！”他打开放在被垒底下的一个小包袱，“我们这叫包袱账，赚了赔了，反正都在这里面。”

我们一同数了票子，一共赚了五千多块钱，女孩子说：

"够了。"

"够干什么了？"大伯问。

"够给我买张织布机子了！这一趟，你们在曲阳给我买架织布机子回来吧！"

无论姥姥、母亲、父亲和我，都没人反对女孩子这个正义的要求。我们到了曲阳，把枣卖了，就去买了一架机子。大伯不怕多花钱，一定要买一架好的，把全部盈余都用光了。我们分着背了回来，累得浑身流汗。

这一天，这一家人最高兴，也该是女孩子最满意的一天。这像要了几亩地，买回一头牛；这像制好了结婚前的陪送。

以后，女孩子就学习纺织的全套手艺了：纺，拐，浆，落，经，镶，织。

当她卸下第一匹布的那天，我出发了。从此以后，我走遍山南塞北，那双袜子，整整穿了三年也没有破绽。一九四五年，我们战胜了日本强盗，我从延安回来，在碛口地方，跳到黄河里去洗了一个澡，一时大意，奔腾的黄水，冲走了我的全部衣物，也冲走了那双袜子。黄河的波浪激荡着我关于敌后几年生活的回忆，激荡着我对于那女孩子的纪念。

开国典礼那天，我同大伯一同到百货公司去买布，送他和大娘一人一身蓝士林布，另外，送给女孩子一身红色的。大伯没见过这样鲜艳的红布，对我说：

"多买上几尺，再买点黄色的！"

"干什么用？"我问。

"这里家家门口挂着新旗，咱那山沟里准还没有哩！你给了我一张国旗的样子，一块带回去，叫妞儿给做一个，开会过年的时候，挂起来！"

他说妞儿已经有两个孩子了，还像小时那样，就是喜欢新鲜东西，说什么也要学会。

1949年12月

野草

夏衍

有这样一个故事。

有人问：世界上什么东西的气力最大？回答纷纭得很，有的说“象”；有的说“狮”；有人开玩笑似的说是“金刚”，金刚有多少气力，当然大家全不知道。

结果，这一切答案完全不对，世界上气力最大的，是植物的种子。一粒种子所可以显现出来的力，简直是超越一切。

这儿又是一个故事。

人的头盖骨，结合得非常致密与坚固，生理学家和解剖学者用尽了一切的方法，要把它完整地分出来，都没有这种力气，后来忽然有人发明了一个方法，就是把一些植物的种子放在要解剖的头盖骨里，给它以温度与湿度，使它发芽，一发芽，这些种子便以可怕的力量，将一切机械力所不能分开的骨骼，完整地分开了。植物种子力量之大如此。

这，也许特殊了一点，常人不容易理解，那么，你看见过被压在瓦砾和石块下面的一颗小草的生成吗？它为着向往阳光，为着达成它的生之意志，不管上面的石块如何重，石块与石块之间如何狭，它必定要曲曲折折地，但是顽强不屈地透到地面上来，它的根往土壤钻，它的芽往地面挺，这是一种不可抗拒的力，阻止它的石块，结果也被它掀翻，一粒种子的力量之大如此。

没有一个人将小草叫做“大力士”，但是它的力量之大，的确是世界无比，这种力，是一般人看见的生命力，只要生命存在，这种力就要显现，上面的石块，丝毫不足以阻挡，因为它是一种“长期抗战”的力，有弹性，能屈能伸的力，有韧性，不达目的不止的力。

种子不落在肥土而落在瓦砾中，有生命力的种子绝不会悲观和叹气，因为有了阻力才有磨炼。生命开始的一瞬间就带着斗志而来的草，才是坚韧的草，也只有这种草，才可以傲然地对那些玻璃棚中养育着的盆花嗤笑。

依依惜别的深情

魏 巍

我在凯歌声里来到了朝鲜。我又看到了这里的人民，这里的山水。多明丽的秋天哪，这里，再也不是焦土和灰烬，这是千万座山冈都披着红毯的旺盛的国土。那满身嵌着弹皮的红松，仍然活着，傲立在高高的山岩上，山谷中汽笛欢腾，白鹭在稻田里缓缓飞翔。在那山径上，碧水边，姑娘们飘着彩色长裙，顶着竹篮、水罐，走回开满波斯菊的家园。看到这种种情景，回想起朝鲜人民的遭遇，真叫人说不尽地激动，说不尽地欢欣！

可是，在这些日子，在志愿军就要跟他们分手的日子，深深的离情却牵着他们的心。他们可以承担一个浩大的战争，可以承担重建家园的种种艰辛，可是却承担不了如此沉重的离情。志愿军也是这样。他们在远离祖国的八年中，时时想着祖国，念着祖国，可是，当他们一旦要离开这结下生死之谊的人民，却是无限地依恋。

用什么来表达自己的心意呢，战士们又有什么呢，他们只有一双结着硬茧的手，一颗赤诚的心。在这离别以前的有限时刻里，我看见他们在日夜辛忙。人民军的战友们就要接防来了，他们把营房刷了一遍又一遍，就是墙上溅了几个泥点，也要重新刷过，就是一把水壶，也要把它擦亮。为了美化营地，他们简直成了传说中炼石补天的女神。他们从东山爬到西山，从北岭奔到南河，采来了红石、白石、黄石、绿石，还挖来了苔藓的青茸，给每座房舍的四围都镶了花边，给每座院心都修了花坛，说是花坛，实在是一幅幅绣在地上的彩画。这里有龙、凤、狮、虎，有白兔、彩蝶，有水中青莲，有雪地红梅，还有白云缭绕的天安门和牡丹峰。如果你走近细看，就更会看出战士们的苦心：他们是用手电泡涂了红漆，做成小白兔的眼睛；把瓶口切下来，镶上花瓷碗片，做成了蝴蝶翅上的花点；就是在那漱口池里，也砌了红日、雄鸡和“早晨好”的祝辞。正像战士诗里说的“园地道路作锦绸，摆花好似坐绣楼”，这里的一花一叶，都渗透着战士们的汗水和深情！

此外，战士们还把最心爱的东西，留赠给人民军的战友，在每一座礼品室里，都袒出了他们的一颗颗红心。就是我这在部队多年的人，也从没有赏识过战士们这么多的机密。这些赠品，都是他们从来不舍得用，从来不拿给人看，一直藏在小包袱的最里层的，都是包藏多年，跟他们跋山涉水，在水里火里就是牺牲生命也不肯丢的。这次，为了离开这块国土，为了最珍贵的友谊，他们的机密泄露了。这里有爱人分手时连夜做成的手帕，有一参军就背着的绣花袜底，有家传几代的瓷碗，有姐妹的绣花荷包，有洞房花烛之夜的合欢杯，还有未婚妻用红毛线织成的腰带。这些爱物，就是他们本人，也只是在没人的时候，才取出来看一下，接着又匆匆藏起，可是，今天他们拿出来了，而且用红纸题了诗句，摆在这里。有一双做得异常精美的绣花袜底，上面附着一首这样的诗：

妻子做袜千针线，临别赠我在江边，
爱情绵绵如江水，永远常流水不断。
此袜爱在我心间，藏在包内整四年，
转送战友表心意，两心相盼永相连。

这些动人心弦的赠礼，使得另一些战士们难熬了。战士胡明富等三个同志，决定亲手做绣花手绢给人民军。他们没有布，就扯了包袱皮，又找来颜料，染了几束彩线，染时候还放了碱，让它永不褪色。杀敌勇士就这样拿起了绣花针，变成了绣花姑娘。绣啊，绣啊，两条绣花手绢终于绣成了。他们还题了下面的诗：

粗手绣花夜更深，绣了一针又一针，
针针线线心相印，中朝友谊比海深。

在这有限的时刻里，战士们还多方寻思着，为当地的父老们尽一点力。他们思虑着：哪些溪涧在山洪到来时不好通过，就架起一座座石桥和板桥；哪些人家离河太远，就在散居的村舍边，挖下一口口水井；那些水井靠近大路，又在水井上加了井盖。他们还挨家挨户去看，看谁家的房子漏雨，就苫上新草；谁家的灶台裂了缝，用灰泥把它抹好。他们还拾来美国的炸弹片，生起炉火，打成了镰刀，割下山藤编成筐篮，按照朝鲜式样做成活腿的小圆桌，然后把它分赠给朝鲜的阿爸基和阿妈妮。另一些心灵手巧的战士们，他们还为孩子们制作了小手枪、万花筒和滑冰用的小冰车；为年迈的老人雕制了龙头拐杖。当这些饱经沧桑的老人把拐杖接到手里，他们昏花的老眼涌出泪水，他们感慨活过了几个时代，从来没有见过这样的军队，这制作万花筒和龙头拐杖的军队！他们称颂着，中国共产党和毛主席教导得好，这些中国孩子的心，简直是金子一般的心，银子一般的心，水晶石一般晶莹玲珑的心！

在阳德郡日岩里，我看见战士们正急急忙忙赶修着一座朝鲜式样的房子。原来村里有一个驼背的孤苦的妇人，带着四个孩子，十年来没有一间住房，在这儿那儿借居着。这房子就是为她修的。战士们怀着深切的爱，把廊柱染成红的，还在飞檐下绘了鸟虫花卉，绘了两国人民并肩作战的彩画。直到出发前一天，他们才把房子刚刚烘干，用白纸裱好。搬家时热闹非常。部队出动了好几十名战士，有人端锅碗，有人抱坛罐，有人扛木头，有人背草袋，有人赶小猪，小猪吱吱叫着，锣鼓敲着，排成了一长队，热热闹闹，把这一家送进新居。接着，战士们手拉手，围着房子，围着这位朝鲜妈妈跳起舞来，朝鲜妈妈伏在战士肩上，倾流着自己的眼泪。这时候，她的老母亲也从阳德赶来了。这位头发斑白的老人，斟满一杯酒，捧到政委的唇边，说昨天晚上她做了一个梦。她说她梦见一条天龙从天上下来了。这条天龙在空中悠悠冉冉，消失了，就听见一派乐声。乐声里，从四面八方涌来了不知道多少志愿军，向她的女儿走来，围着她的女儿跳舞，就像今天战士们围着她女儿跳舞的情景一样。她说，在梦境里，她的女儿用双手提起了裙子，志愿军就争着向她的怀里投着鲜花。那些花朵，看来很轻，可是一落下来，每一朵都沉甸甸的，把裙子都坠沉下来。……深情的人民啊，你对我们的军队作了多么美丽的歌颂！可以想见，人们要离开这样的一支军队，怎么会不深深地依恋！

可是，志愿军的行期，仍然是一天天地迫近了。朝鲜父老们，他们白天做活也安不下心去，夜里也不能安静睡眠。他们再三探问志愿军的行期，唯恐人们悄悄离开，一听见汽车声响，就要推开门窗来，张望一回。如果哪个战士到了他们家，阿妈妮们就会端出一铜碗一铜碗的栗子，再不就从鸡窝里慌忙地抓出发热的鸡蛋，拿来敬客。他们还把熟识的战士请到家里，杀鸡，买酒，眼看着你吃到肚里，仿佛才能宽舒一下他们的离情。温井里有二十二个老妈妈，她们集了钱，准备酒食，请了几十个战士去谈心，这一夜，她们向中国孩子们倾吐了自己的感情。有的说，你们走了，就像我掉了一扇膀子；有的说，你们走了，就像是吃饭时缺少了盐；有的说，要是背得动，妈妈要把你们背着送过鸭绿江！她们带着泪，把头上的银簪拔下来，把戴了几十年的结婚戒指取下来，把传留几代的跳舞时带在身上的小铜铃拿出来，塞向战士的怀里，戴在战士的手指上。她们还把菜一口一口夹到战士们的嘴里，有的人含着热泪咽下去了，有的人背过身去，把阿妈妮喂到嘴里的栗子又悄悄吐出来，用纸包好，小心地放在衣袋里，作为对朝鲜母亲终生不忘的纪念。战士们激动地说："如果美帝敢再动手，就是我活到八十岁，胡子三尺长，我也要带着儿孙们来抗美援朝！"

朝鲜人民的深情厚意，就是这样叫人终生难忘。温井里有一个瞎老妈妈，自她的女儿被日本人抢走，她的一双眼睛，就被那年年月月的泪水沤瞎了。当二十几个战士去向她告别的时候，老妈妈动情地说："你们在这儿住了几年，我也没看见过你们的模样儿。你们帮我修好了房子，我也看不见修房子的是谁。天哪，要是叫我的眼睛睁开，看你们一眼，就是立刻死了我也甘心！"她拍拍自己的心，又摸摸战士们的胸口。"孩子，我看不见你们，让我摸摸你们吧！"说过，她把二十几个战士，从头到脚都摸了一遍。

在这惜别时刻，简直无一处不是友谊的诗，感人的诗。人们编成许多诗歌来赞颂这珍奇的友谊。在古阳德的枫林柴门中，住着一位满头白发的无名诗翁。我去访问了他。谈到志愿军的撤离，老人异常惋惜地叹了口气，拔笔写下几个汉字："完似股肱，人民全部之言。"老人还递给我五六个自糊的白纸信封，信封上都写着"平安南道阳德郡东阳里七十八岁翁朴仁俊谨奉"的字样，打开来，都是赠给志愿军的送行诗章。其中有一首是：

还乡千里路，雁叫三月秋，

两国兄弟谊，苍江不尽流。

还有一首：

夜霜红深千林树，可作明朝欢送情，

戴白头髻车下满，连呼万岁动山城。

在这惜别时刻里，朝鲜人民对牺牲在这块国土上的中国人民志愿军烈士们，尤其怀有深深的感情。

在修建东阳里九龙江桥的时候，流送的木头常常被石头堵住，为了排除阻塞，年轻的蔡定琪，奋身跳进急流，不幸被卷进漩涡而牺牲了。这也许是志愿军牺牲在朝鲜的最后一人。牺牲后，就葬埋在志愿军的烈士陵园。可是东阳里的人民，坚持要把他葬在东阳里，并且选择一块最好的向阳墓地，按照朝鲜仪式重新安葬。深情的人民啊，他们要东阳里的男女老幼，抬起头就能望见蔡定琪的坟墓，也让蔡定琪，能够望见他所献身的九龙江桥。志愿军答应了这个请求。移葬那天，东阳里的男男女女都参加了葬仪。下葬前本来是极好的天气，可是在下葬时，忽然间送来了一片乌云，下了一阵大雨，这时候，在墓地上空，现出了一弯美丽非凡的彩虹。下葬完了，彩虹又渐渐隐没。事后，在东阳里居民中，流传着一段神话式的解说，说这是中朝友谊感动了天地，所以才出现了这样美丽的彩虹。

离别的日子，终于不顾人们深重的离情来临了。行李装上了汽车。大车套上了骡马。大炮着好了炮衣。营门上已经换上了人民军的哨兵。战士们最后一次扫净了院子，挑满了水缸，拍一拍身上的尘土，打好了行囊。

这一夜，有多少朝鲜人家没有合眼，有多少人家午夜三点就亮起了灯，他们再一次整理好花束，把礼物放进竹篮，坐等着集合号就要响起的拂晓。拂晓，这是深秋的拂晓啊，可是人们已经走出来了，穿着单薄的衣裳走出来了。老人们戴着高高的乌纱帽。妇女们顶着竹篮，背着孩子。人们都拿着枫叶。就是背上的孩子，小手里也拿着枫叶。他们站在大路边，站在寒气袭人的晓风中。

部队集合了。妇女们打开竹篮，分赠着礼物。孩子们爬上大炮，把红叶插上炮口。小吉普也被无数的彩纸条和成串的纸花缠成了花车。阿妈妮们，孩子们，姑娘们，她们做这些事情的时候，统统没有哭。昨天晚上，战士们就告诉他们说不要哭。里干部们也告诉说，为了不使志愿军难过，让他们不要哭。他们很听话，他们真的制止住了，在做这些事情的时候，统统没有哭。

出发号响起了。战士们背起背包，挎上了枪，走向夹道欢送的人群。“万岁”声响起来了，火红的枫叶举起来了，孩子们奋力地撒着纸屑的花雨，欢呼着：“荣光—伊斯达！”“荣光—伊斯达！”志愿军的脚步移动了，人们的眼睛潮湿了，但谁也忍着，竭力喊着口号，仍然没有哭。

可是，当战士们握着老妈妈的手，叫了一声“阿妈妮，再见！”不知道是哪个老妈妈忍不住了，捧着战士的手，第一个哭出了声。接着是姑娘们、孩子们哭出声来，然后是那些男人们无声的眼泪，低低的啜泣。这时候，战士们简直是在朝鲜人民送行的泪雨中行进，这不是哪一个人在哭，这是全朝鲜人民在捧着赤心送着他们至亲至爱的友人！

我的一滴泪，也止不住滴在这千行泪雨中。呵，亲爱的、可敬的朝鲜人民！在纷飞的战火中，你是那样刚强！敌人把你的城镇变成了废墟，你没有哭；敌人把你的家园烧成了灰，你没有哭；敌人杀死了你的亲人，你没有哭；敌人把你绑在大树上，烧你，烤你，你没有哭；你真是一把拉不断的硬弓，一座烧不毁的金刚！可是今天，当你的战友——中国战士们要离开你的时候，你却倾洒了这样多的眼泪！仿佛要把你们每个人一生一世的眼泪，都倾洒在今天！你是多么刚强而又多情多义的人民！

请收起眼泪吧，亲爱的、可敬的人民！你的泪是这样倾流不止，已经洒湿了你们的国土。我知道，你是为中国战士的鲜血而痛惜，为中国战士的一点点工作而感怀。你今天的泪，是对中国战士的最崇高的评价，是给予中国战士的无上的光荣！我知道，这泪雨中的每一滴，都不是普通的眼泪，一颗，一颗，都是万金难买的友谊的珍珠！

在这送行的泪雨中，中国战士们也个个垂泪，一小时已经过去了，还没有走出二里路。这时候，在送行人的行列里，不知是谁喊了一声：“不要哭了，替他们背背包啊！”人们才像忽然醒转过来，擦擦泪，去夺战士们的背包。小孩子也把背包抢过去背在肩上，妇女们把夺过的背包，高高顶在头上，飘行在战士的身边。这时的队伍，已经不分行列，不分军民，不分男女，错错落落，五光十色，互相搀着扶着，边说边走。这是什么队伍啊！也许这不像队伍吧，可是这确是世界上最强有力的队伍，这是心连着心、肩并着肩的友谊的巨流！这支巨流，行进着，行进着，越过了一道道水，一道道山，他们行进在枫林烧红的山野，行进在社会主义的东方……

1958年11月7日晚

海市

杨 朔

我的故乡蓬莱是个偎山抱海的古城，城不大，风景却别致。特别是城北丹崖山峭壁上那座凌空欲飞的蓬莱阁，更有气势。你倚在阁上，一望那海天茫茫、空明澄碧的景色，真可以把你的五脏六腑都洗得干干净净。这还不足为奇，最奇的是海上偶然间出现的幻景，叫海市。小时候，我也曾见过一回。记得是春季，雾蒙天，我正在蓬莱阁后拾一种被潮水冲得溜光滚圆的玑珠，听见有人喊："出海市了。"只见海天相连处，原先的岛屿一时不知都藏到哪儿去了，海上劈面立起一片从来没见过的山峦，黑苍苍的，像水墨画一样。满山都是古松古柏；松柏稀疏的地方，隐隐露出一带渔村。山峦时时变化着，一会山头上幻出一座宝塔，一会山洼里又现出一座城市，市上游动着许多黑点，影影绰绰的，极像是来来往往的人马车辆。又过一会儿，山峦城市慢慢消下去，越来越淡，转眼间，天青海碧，什么都不见了，原先的岛屿又在海上重现出来。

这种奇景，古时候的文人墨客看到了，往往忍不住要高声咏叹。且看蓬莱阁上那许多前人刻石的诗词，多半都是题的海市蜃楼，认为那就是古神话里流传的海上仙山。最著名的莫过于苏东坡的海市诗，开首几句写着："东方云海空复空，群仙出没空明中，摇荡浮世生万象，岂有贝阙藏珠宫……"可见海市是怎样的迷人了。只可惜这种幻景轻易看不见。我在故乡长到十几岁，也只见过那么一回。故乡一别，雨雪风霜，转眼就是二十多年。今年夏天重新踏上那块滚烫烫的热土，爬到蓬莱阁上，真盼望海上能再出现那种缥缥缈缈的奇景。偏我来得不是时候。一般得春景天，雨后，刮东风，才有海市。于今正当盛夏，岂不是空想。可是啊，海市不出来，难道我们不能到海市经常出现的地方去寻寻看吗？也许能寻得见呢。

于是我便坐上船，一直往海天深处开去。好一片镜儿海。海水碧蓝碧蓝的，蓝得人心醉，我真想变成条鱼，钻进波浪里去。鱼也确实惬意。瞧那海面上露出一条大鱼的脊梁，像座小山，那鱼该有十几丈长吧？我正看得出神，眼前刺溜一声，水里飞出另一条鱼，展开翅膀，贴着水皮飞出去老远，又落下去。

我又惊又喜问道："鱼还会飞么？"

船上掌舵的说："燕儿鱼呢，你看像不像燕子？烟雾天，有时会飞到船上来。"那人长得高大健壮，一看就知道是个航海的老手，什么风浪都经历过。他问我道："是到海上去看捕鱼的吗？"

我说："不是，是去寻海市。"

那舵手瞟我一眼说："海市还能寻得见么？"

我笑着说："寻得见——你瞧，前面那不就是？"就朝远处一指，那儿透过淡淡的云雾，隐隐约约现出一带岛屿。

那舵手稳稳重重一笑说："可真是海市，你该上去逛逛才是呢。"

赶到船一靠近岛屿，我便跨上岸，走进海市里去。

果然不愧是"海上仙山"。这一带岛屿烟笼雾绕，一个衔着一个，简直是条锁链子，横在渤海湾里。渤海湾素来号称北京的门户，有这条长链子挂在门上，门就锁得又紧又牢。别以为海岛总是冷落荒凉的，这儿山上山下，高坡低洼，满眼葱绿苍翠，遍是柞树、槐树、杨树、松树，还有无数冬青、葡萄以及桃、杏、梨、苹果等多种果木花树。树叶透缝的地方，时常露出一带渔村，青堂瓦舍，就和我小时候在海市里望见的一模一样。先前海市里的景物只能远望，不能接近，现在你却可以走进渔民家去，跟渔民谈谈心。岛子上四通八达，到处是浓荫夹道的大路。顺着路慢慢走，你可以望见海一般碧绿的庄稼地里闪动着鲜艳的衣角。那是喜欢穿红挂绿的渔家妇女正在锄草。有一个青年妇女却不动手，鬓角上插着枝野花，立在槐树凉影里，倚着锄，在做什么呢？哦！原来是在听公社扩音器里播出的全国麦收的消息。

说起野花，也是海岛上的特色。春天有野迎春；夏天太阳一西斜，漫山漫坡是一片黄花，散发着一股清爽的香味。黄花丛里，有时会挺起一枝火焰般的野百合花。凉风一起，蟋蟀叫了，你就该闻见野菊花那股极浓极浓的药香。到冬天，草黄了，花也完了，天上却散下花来，于是满山就铺上一层耀眼的雪花。

立冬小雪，正是渔民拉干贝的季节。渔船都扬起白帆，往来拉网，仿佛是成群结队翩翩飞舞的白蝴蝶。干贝、鲍鱼、海参一类东西，本来是极珍贵的海味。你到渔业生产队去，人家留你吃饭，除了鲐鱼子、燕儿鱼丸子而外，如果端出雪白鲜嫩的新干贝，或者是刚出海的鲍鱼，你一点不用大惊小怪，以为是大摆筵席，其实平常。

捕捞这些海产却是很费力气的。哪儿有悬崖陡壁，海水又深，哪儿才盛产干贝鲍鱼等。我去参观过一次“碰”鲍鱼的。干这行的渔民都是中年人，水性好，经验多，每人带一把小铲，一个葫芦，葫芦下面系着一张小网。趁落潮的时候，水比较浅，渔民戴好水镜，先在水里四处游着，透过水镜望着海底。一发现鲍鱼，便丢下葫芦钻进水底下去。鲍鱼也是个怪玩意儿，只有半面壳，附在礁石上，要是你一铲子铲不下来，砸烂它的壳，再也休想拿得下来。渔民拿到鲍鱼，便浮上水面，把鲍鱼丢进网里，扶着葫芦喘几口气，又钻下去。他们都像年轻小伙子一样嬉笑欢闹，往我们艇子上扔壳里闪着珍珠色的鲍鱼，扔一尺左右长的活海参，扔贝壳像蒲扇一样的干贝，还扔一种叫“刺锅”的怪东西，学名叫海胆，圆圆的，周身满是挺长的黑刺，跟刺猬差不多，还会爬呢。

最旺的渔季自然是春三月。岛子上有一处好景致，叫花沟，遍地桃树，年年桃花开时，就像那千万朵朝霞落到海岛上来。桃花时节，也是万物繁生的时节。雪团也似的海鸥会坐在岩石上自己的窝里，一心一意孵卵，调皮的孩子爬上岩石，伸手去取鸥蛋，那母鸥也只转转眼珠，动都懒得动。黄花鱼起了群，都从海底浮到海面上，大鲨鱼追着吃，追得黄花鱼叫。听见鱼叫，渔民就知道是大鱼群来了，一网最多的能捕二十多万条，倒在舱里，一跳一尺多高。俗话说得好：“过了谷雨，百鱼上岸。”大对虾也像一阵乌云似的涌到近海，密密层层。你挤我撞，挤得在海面上乱蹦乱跳。这叫桃花虾，肚子里满是子儿，最肥。渔民便用一种网上绑着坛子做浮标的“坛子网”拉虾，一网一网往船上倒，一网一网往海滩上运，海滩上的虾便堆成垛，垛成山。渔民不叫它是虾山，却叫做金山银山。这是最旺的渔季，也是最热闹的海市。

现在不妨让我们走进海市的人家里去看看。老宋是个结实精干的壮年人，眉毛漆黑，眼睛好像瞌睡无神，人却是像当地人说的：机灵得像海马一样。半辈子在山风海浪里滚，斗船主，闹革命，现时是一个生产大队的总支书记。他领我去串了几家门子，家家都是石墙瓦房，十分整洁。屋里那个摆设，更考究：炕上铺的是又软又厚的褥子毯子；地上立的是金漆桌子、大衣柜；迎面墙上挂着穿衣镜；桌子上摆着座钟、盖碗、大花瓶一类陈设。起初我还以为是谁家新婚的洞房，其实家家如此，毫不足奇。

我不禁赞叹着说：“你们的生活真像神仙啊，富足得很。”

老宋含着笑，也不回答，指着远处一带山坡问：“你看那是什么？”

那是一片坟墓，高高低低，坟头上长满蒿草。

老宋说：“那不是真坟，是假坟。坟里埋的是一堆衣服，一块砖，砖上刻着死人的名字。死人呢，早埋到汪洋大海里去了。渔民常说：情愿南山当驴，不愿下海捕鱼——你想这捕鱼的人，一年到头漂在海上，说声变天，大风大浪，有一百个命也得送进去。顶可怕的是龙卷风，打着旋儿转，能把人都卷上天去。一刮大风，妇女孩子都上了山头，烧香磕头，各人都望着自己亲人的船，哭啊叫的，凄惨极啦——别说还有船主那把杀人不见血的刀逼在你的后脖颈子上。”

说到这儿，老宋低着瞌睡眼，显然在回想旧事，一面继续讲：“都知道蝎子毒，不知道船主比蝎子更毒。我家里贫，十二岁就给船主做零活。三月，开桃花，小脚冻得赤红，淋着雨给船主从舱里往外舀潮水，舀得一慢，船主就拿铅鱼浮子往你头上磕。赶我长得大一点，抗日战争爆发了，蓬莱一带有共产党领导的游击队，需要往大连买钢，大约是做武器用。当时船主常到大连去装棒子面，来往做生意，我在船上替人家做饭。大连有个姓鲍的，先把钢从日本厂子里偷出来，藏到一家商店里。船主只是为财，想做这趟买卖，叫我去把钢拿回船来。你想日本特务满街转，一抓住你，还用想活命吗？仗着我小，又有个小妹妹，当时住在大连我姐姐家里，我们兄妹俩拐进那家商店，妹妹把钢绑到腿上，我用手提着，上头包着点心纸，一路往回走，总觉得背后有狗腿子跟着，吓得提心吊胆。赶装回蓬莱，交给游击队，人家给两船麦子当酬劳。不想船主把麦子都扣下，一粒也不分给我。我家里净吃苦橡子面，等着粮食下锅，父亲气得去找船主，船主倒提着嗓门骂起来：‘麦子是俺花钱买的，你想讹诈不成。你儿子吃饭不干活，还欠我们的呢，不找你算帐就算便宜你。’这一口气，我窝着多年没法出，直到日本投降，共产党来了，我当上民兵排长，斗船主，闹减租减息，轰轰烈烈干起来啦。我母亲胆小，劝我说：‘儿啊，人家腿上的肉，割下来好使吗？闹不好，怕不连命都赔上。’到后来，果真差一点赔上命去。”

我插嘴问：“恐怕那是解放战争的事吧？”

老宋说：“可不是！解放战争一打响，我转移出去，经常在海上给解放军运粮食、木料和硫黄。我是小组长。船总是黑夜跑。有一天傍亮，我照料一宿船，有点累，进舱才打个盹儿，一位同志对着我的耳朵悄悄喊：‘快起来看看吧，怎么今天的渔船特别多？’我揉着眼跑出舱去，一看，围着我们里里外外全是小渔船。忽然间，小渔船一齐都张起篷来。渔船怎么会这样齐心呢？我觉得不妙，叫船赶紧靠岸。晚了，四面的船早靠上来，打了几枪，一个大麻子脸一步跨上我们的船，两手攥着两支枪，堵住我的胸口。原来这是个国民党大队长。他先把我绑起来，吊到后舱就打，一面打一面审问。吊打了半天，看看问不出什么口供，只得又解开我的绑，用匣子枪点着我的后脑袋，丢进舱里去。舱里还关着别的同志。过了一会，只听见上面有条哑嗓子悄悄说：‘记着，可千万别承认是解放军啊。’这分明是来套我们，谁上你的圈套？舱上蒙着帆，压着些杠子，蒙得漆黑，一点不透气。我听见站岗的还是那个哑嗓子的人，仰着脸说：‘你能不能露点缝，让我们透口气？”那个人一听见我的话，就蹑手蹑脚挪挪舱板，露出个大口子。想不到是个朋友。我往外一望，天黑了；辨一辨星星，知道船是往天津开。我不觉起了死的念头。既然被捕，逃是逃不出去的，不如死了好。一死，我是负责人，同志们把责任都推到我身上，什么也别承认，兴许能保住性命。说死容易，当真去死，可实在不容易啊。我想起党，想起战友，想起家里的老人，也想起孤苦伶仃的妻子儿女，眼泪再也忍不住，巴搭巴搭直往下滴。我思前想后了一阵，又再三再四嘱咐同志们几句话，然后忍着泪小声说：‘同志们啊，我想出去解个手。’一位同志说：‘你解在舱里吧。’我说：‘不行，我打得满身是火，也想出去凉快凉快。’就从舱缝里探出头去，四下望了望，轻轻爬上来，一头钻进海里去，耳朵边上还听见船上的敌人说：‘大鱼跳呢。’

“那时候已经秋凉，海水冷得刺骨头，我身上又有伤，海水一泡，火辣辣地痛。拚死命挣扎着游了半夜，力气完了，人也昏了，随着涨潮的大流漂流下去。不知漂了多长时候，忽然间醒过来，一睁眼，发觉自己躺在一条大船上，眼前围着一群穿黄军装的人，还有机关枪。以为是又落到敌人网里了！问我话，只说是打鱼翻了船。船上给熬好米汤，一个兵扶着我的后脖颈子，亲自喂我米汤，我这才看清他戴的是八一帽徽，心里一阵酸，就像见到最亲最亲的父母，一时忍不住放声大哭起来。

“我就这样得了救，船上的同志果然把责任都推到我身上，挨了阵打，死不招认，敌人也只得放了他们。这件事直到许久才探听清楚：原来就是那船主怀恨在心，不知怎么摸到了我们活动的航线，向敌人告了密，才把我们半路截住。你看可恶不可恶！”

讲到末尾，老宋才含着笑，回答我最初的话说：“你不是说我们的生活像神仙么？你看这哪点像神仙？要不闹革命，就是真正神仙住的地方，也会变成活地狱。”

我问道：“一闹革命呢？”

老宋说：“一闹革命，就是活地狱也能变成像我们岛子一样的海上仙山。”

我不禁连连点着头笑道：“对，对。只有一点我不明白：我们现在革了船主的命，可不能革大海的命。大海一变脸，岂不是照样兴风作浪，伤害人命么？”

老宋又是微微一笑，笑得十分自信。他说：“明天你顶好亲自到渔船上去看看。现在渔船都组织起来，有指导船，随时随地广播渔情风情。大船都有收音机，一般的船也有无线报话机，不等风来，消息先来了，船能及时避到渔港里去，大海还能逞什么威风？——不过有时意料不到，也会出事。有一回好险，几乎出大事。那回气象预报没有风，渔民早起看看太阳，通红通红的，云彩丝儿不见，也不像有风的样子，就有几只渔船出了海。不想过午忽然刮起一种阵风，浪头卷起来比小山都高，急得渔民把桅杆横绑在船上，压着风浪。这又有什么用？浪头一个接着一个打到船上来，船帮子都打坏了，眼看着要翻。正在危急的当儿，前边冷丁出现一只军舰。你知道，这里离南朝鲜不太远，不巧会碰上敌人的船。渔民发了慌。那条军舰一步一步逼上来，逼到跟前，有些人脱巴脱巴衣裳跳下海，冲着渔船游过来。渔民一看，乐得喊：是来救我们的呀！不一会儿，渔民都救上军舰，渔船也拖回去。渔民都说：'要不是毛主席派大兵舰来，这回完了。'"

原来这是守卫着这个京都门户的人民海军专门赶来援救的。

看到这里，有人也许会变得不耐烦：你这算什么海市？海市原本是虚幻的，正像清朝一个无名诗人的诗句所说的："欲从海上觅仙迹，令人可望不可攀。"你怎么倒能走进海市里去？岂不是笑话！原谅我，朋友，我现在记的并不是那渺渺茫茫的海市，而是一种真实的海市。如果你到我的故乡蓬莱去看海市蜃楼，时令不巧，看不见也不必失望，我倒劝你去看看这真实的海市，比起那缥缈的幻景还要新奇，还要有意思得多呢。

这真实的海市并非别处，就是长山列岛。

袈裟与盛远

[日] 芥川龙之介

上

夜晚，盛远在泥墙外远眺月华，一边踏着落叶，心事重重。

独 白

月亮已上来了。向来都迫不及待企盼月出，可惟独今夜，倒有点害怕月色这般清亮。迄今的故我，将于一夜之间消失，明天就完全是个杀人犯了；一想到这里，浑身都会发颤。两手沾满鲜血的样子，只要设想一下就够了。那时的我，自己都会觉得恁地可惜。倘是杀一个恨之入骨的对手，倒也用不着如此这般于心不安，但今夜所杀，是一个我并不恨的人。

他，我早就认识。名叫渡左卫门尉，倒是因为这次的事儿才知悉的。作为男人，他过于温和，那张白净脸儿，忘了是什么时候见的了。得知他就是袈裟的丈夫，一时里确曾感到嫉妒。可是，那种嫉妒之情，此刻在我心上已消失得无影无踪，事如春梦了无痕。因此，渡尽管是我的情敌，但我对他既不憎也不恨。唉，倒不如说，我对他有点同情更好。听衣川说，渡为博得袈裟青睐，不知费了多少心思；我现在甚至觉得，这男子还挺讨人喜欢的。渡一心想娶袈裟为妻，不是还特意去学了和歌的吗？想起赳赳武士居然写起情诗来，嘴角不觉浮起一丝微笑。但这微笑绝无嘲弄意味，只是觉得那个向女人献殷勤的男子煞是可爱。或许是我钟爱的女子引得那男人巴结如许，他的痴情，对身为情夫的我，带来莫大的满足也未可知。

然而，我爱袈裟能爱到那种程度么？对袈裟的爱，可分为今昔两个时期。袈裟未嫁渡之前，我就爱上她了。或者说，我自认为在爱她。但，现在看来，当时的恋情，很不纯正。我求之于袈裟的是什么呢？以童男之身，显然是要袈裟这个人。夸张些说，我对袈裟的爱，不过是这种欲望的美化，一种感伤情绪而已。证据是，和袈裟断绝交往的三年里，我对她的确没有忘情。倘如在此前，同她有过体肤之亲，难道我还会不忘旧情，对她依然思念不已么？羞愧管羞愧，我还是没有勇气作肯定回答。在这之后，对袈裟的爱恋中，掺杂着相当成分的对不识的软玉温香的憧憬。而且，心怀愁闷，终于发展到了如今既令自己害怕，又教自己期待的地步。可现在呢？我再次自问：我真爱袈裟吗？

然而，在作出回答之前，尽管不情愿，也还得追叙一下事情的始末根由。——在渡边桥做佛事之际，得与阔别三年的袈裟邂逅。此后的半年里，为了和她幽会，我一切手段都用上了，而且次次奏效。不，不光是成功，那时，正如梦想的那样，与她有了体肤之亲。那时左右我的，未必会像上文说的，是出于对不识的软玉温香的渴慕。在衣川家，与袈裟同坐屋里时已发觉，这种恋慕之情，不知何时已淡薄起来。因为我已非童身，斯时斯地，欲望已不如当初。但细究起来，主要原因还是那女人姿色已衰的缘故。实际上，现在的袈裟已非三年前的她了。肤肌已然失去光泽，眼圈上添出淡淡的黑晕。脸颊和下巴原先的那种美腴，竟出奇般地消失了。唯一没变的，要算那水汪汪黑炯炯的大眼睛啦。这一变化，于我的欲望，不啻是个可怕的打击。睽隔三年，晤对之初，竟不由得非移开视线不可。那打击之强烈，至今还记忆犹新……

那么，相对而言，已不再迷恋那女人的我，怎么又会和她有了关系呢？首先，是种奇怪的征服心理在作祟。袈裟在我面前，把她对丈夫的爱，故意夸大其辞。在我听来，无论如何，只感到是虚张声势。“这个娘儿们对自己丈夫有种虚荣”，我这么想。“或许这是不愿意我怜悯她的一种反抗心理也未可知”，我转念又这么想。与此同时，想要揭穿这谎言的心思，时时刻刻都在强烈鼓动着我。若问何以见得是谎言呢？说是出于我的自负，我压根儿没理由好辩解的。可尽管如此，我还是相信那纯是谎言。至今深信不疑。

不过，当时支配自己的，并非全是这种征服欲。除此之外——仅这么说说，就已觉羞愧难当了。除此之外，纯粹是受情欲的驱使。倒不是因为同她未有过体肤之亲的一种渴念，而是更加卑鄙的一种欲望，不一定非她不可，纯为欲望而欲望。恐怕连买欢嫖妓的人，都不及我当时那么卑劣。

总之，出于诸如此类的动机，我和袈裟有了关系。更确切地说，是戏侮了她。而现在，回到我最初提出的问题——唉，关于我究竟爱不爱袈裟，哪怕对自己也罢，事到如今，已无须再问了。倒不如说，有时我甚至感到她可恨。尤其是事后，她趴在那里哭，我硬把她抱起来时，觉得袈裟比我还要无耻。垂下的乱发也罢，脸上汗涔涔的剩脂残粉也罢，无不显出这女人身心的丑恶。如果说，在那以前，我还爱她，那么，从那天起，这爱便永久的消失了。或者不妨说，截至那天，我从没爱过她，而自那以后，我心里反而生出了新的憎恨。可是，唉，今晚，不正是为一个我不爱的女人，想去杀一个我不恨的男人么？

这绝不是谁之过，是我自己公然说的。“不是想杀渡吗？”——想起当时对她附耳细语时，连我都怀疑自己在发疯。可我居然这么说了。尽管竭力忍着，心想别说，终究还是小声讲了出来。回想当时为什么要讲，自己至今也弄不明白。如果这样想也未尝不可，那就是我越瞧不起她、越恨她，就越发忍不住想凌辱她。唯有杀了渡左卫门尉——袈裟所炫耀的这个丈夫，而且不管她愿不愿意，都得通她同意，才能让我称心。我仿佛被噩梦魇住一般，竟违心地一味劝她去谋杀亲夫。然而，若说我想杀渡，没有充分的动机，那就只能说是人间不可知的力（说是魔障也成），在诱使我的意志走入邪道，除此以外，别无解释。总之，我很固执，三番五次在袈裟耳边嘀咕此事。

过了会儿，袈裟猛地抬起头来，坦率告诉我，同意我的计划。可我对这简捷的回答，不止是意外。看袈裟的脸，有种迄今未见过的，不可思议的光辉映在她眼里。奸妇——我立即萌生这意念。同时，又好像很泄气，这计划的可怕，突然展现在我眼前。在此期间，那女人的淫乱，令人作呕的衰容，使我不断为之苦恼，这已无须再说，要是还能挽回，我真想当场收回前言。然后，羞辱那不贞的女人，把她推到耻辱的深渊。那样，即使我玩弄了她，说不定良心上还可以拿义愤当挡箭牌。但我还顾不上那样做。那女人宛如看透我的心思，忽然换了副表情，紧紧盯着我的眼睛——说老实话，我已骑虎难下，不得不同她约好杀渡的日子和时辰，因为我害怕，万一我反悔了，袈裟会向我报复。事至今日，这种惧怯之情仍死死揪着我的心。有人笑我胆小，就随他笑吧。因为他没看到袈裟当时的神情。“假若我不杀渡，看来即使袈裟不亲自动手，我也准会被她弄死的。与其那样，不如我把渡干掉的好。”——望着那女人无泪干哭的眼睛，我绝望地这么想。我发过誓后，看到袈裟苍白的脸上泛起酒窝一潭，俯首垂目在笑，岂不更加证实我的恐惧不是毫无来由的吗？

唉，为了那可诅咒的约定，既不道德，又昧良心，现在还多了一重杀人的罪名。要是赶在今晚毁了约——这连我自己也不肯。一方面，我发过誓，而另一方面，我说过——是怕报复。这绝不是欺骗。但除此之外，好像还有些什么。究竟是什么呢？逼着我这个胆小鬼去杀一个无辜的男人，那巨大的力量到底来自何方？我不明白。我不知道，照理说——不，没这种事儿。我瞧不起那女人。我怕她。恨她。但即使如此，兴许还因为我爱那女人的缘故也未可知。

盛远还在徘徊踱蹀，已然不再做声。月光朗照。不知从何处传来时兴的歌声。

真个是人心非同无明之黑暗，

好一似烦恼之火，命危夕旦……

下

夜晚，袈裟在帐子外，背着灯光，一边咬着袖子，陷入沉思之中。

独白

他究竟来不来呢？想必总不至于不来吧？月亮都快西斜了，可还没听见脚步声，他不会遽尔反悔吧。万一不来——唉，我又得像个妓女一样，抬起这张羞愧的脸，面对天日。我怎么会做出这种无耻事儿来的呢？

那时，我与路旁的弃尸真毫无二致。受人侮辱，受人蹂躏，到头来落得厚着脸皮，丢人现眼，而且还得像哑巴一样，一声都不能言语。万一真是如此，纵然要死也死不了。不，他准会来。上次分手时，我盯住他的眼睛，心里没法不那么想。他怕我。尽管恨我，还瞧不起我，但却怕我。不错，要是就凭我自己，他未必肯答应来。可是，是我求他。算准了他的自私心理。不，是看透了他那自私自利引起的卑劣的恐怖。所以，我才能这么说。他准会悄悄来的，没错……

然而，单凭我自己，休想能办到。我这人有多惨哪。要是在三年前，就凭我的美貌，比什么都管用。说是三年前，不如说到那天为止，倒更接近真实也未可知。那天，在伯母家见到他时，我一眼就知自己的丑相印在了他的心上。他装得若无其事，像是在挑逗我，对我温声软语。但是一个女人，一旦得知自己丑陋，几句话怎能安慰得了。我只是觉得窝心，感到可怕，伤心难过。儿时，奶娘抱我看月食，感觉很可怕，但那时的心情比现在不知要强多少。我的种种梦想，顿时化为泡影。过后，仿佛细雨蒙蒙的黎明，凄凄惶惶的感觉一直围绕着我——我被这孤寂所震慑，如同死了一般，委身于他，委身于那个并不爱我、那个恨我瞧不起我的好色之徒——向他显示自己的丑陋，难道是因为耐不住那份孤寂？还是因为我的脸贴在他胸前，像给烧昏了一样，委时间把什么都搅糊涂了呢？要不，就是我跟他一样，被一种肮脏之心所驱使吧？这么想想，我都不好意思，感到害羞，无地自容。特别是离开他的臂弯，又复归自由之身时，我直觉得自己有多下贱呀！

气愤之情夹着凄凉之感，不管心里怎么想，千万不能哭，可眼泪还是止不住往下流。不过，这不仅是因为有亏妇道而备感悲伤。妇德有失，加之又遭轻贱，如癞皮狗一般，被人憎恶，受人虐待，这比什么都让我伤心。后来，我做了什么呢？现在想来，好像过去很久了，只模模糊糊记得一些。我抽泣之际，觉得他的胡子碰了我的耳朵，随着一股热鼻息，听到他低声对我说："不是想杀渡吗？"听到这话，说来也奇怪，到现在也不明白，不知怎么当时心境一下豁亮起来。是兴奋吗？如果说这时月光很明亮，恐怕是因为我心里高兴的缘故。总之，和明亮的月光不一样，那是一种兴致勃勃的心情。然而我从这句可怕的话里，岂不是感到一丝快慰么？唉，我这个女人呀，难道非要谋杀亲夫，还得照旧被人爱，才觉得痛快不成？

我好似这明亮的月夜，因为孤寂，因为心头一宽，又接着哭了一阵。接下来呢？然后呢？究竟是几时，诱使那人跟我约好来杀我丈夫这些事的？就在订约的那会儿，我才想起自己的丈夫。老实说，这还是头一回。在那之前，我一门心思只顾想自己的事，琢磨自己受人戏侮的事。只有在那时，才想到我丈夫，我那腼腆的丈夫——不，不能说是他的事。而是每当他要对我说什么时，总是微笑的面孔，清清楚楚呈现在我眼前。我的计策猛地兜上心来，恐怕也是忆起他那张面孔一瞬间的事。此言何出呢？因为当时我已决心一死了。能做出这样决定，岂不高兴。但是，当抬起这张哭脸，向那人望去时，便又像上次似的，看到自己的丑陋映在那人心上，喜悦之情顿时化为乌有。于是——又想起和奶娘一起看月食时黑沉沉的光景。恍如隐藏在喜悦的心情之下，形形色色的怪物都给放了出来似的。我要做丈夫的替身，难道真是因为爱他？不，不，在这好听的借口后面，是因为我曾委身他人，有一种赎罪的心情。可我没有自戕的勇气。我想在世人眼里，多少会显得好一些，我心里还存有这么一种卑劣的念头。何况这么做，八成还能得到宽恕。而我比这还要卑鄙，也更加丑陋。那人对我的憎恶、轻侮以及邪恶的情欲，我美其名曰做丈夫的替身，其实，不是想对这些个进行报复么？证据是，望着他的面孔，仿佛那月光一样，我的兴致忽然竟冰消瓦解，只有满腔的悲伤，转瞬间冻僵了我的心。我不是为丈夫去死，而是为了自己。我是因心灵受到伤害而感到愤然，身子受了玷污而为之悔恨，因这两个原因才去死的。唉，我活着毫无意义，而死也没有一点价值。

然而，我这没有价值的死法，比苟延残喘的活着，不知让人多开心哩。我忍住悲伤，强带欢颜，同他再三商订谋杀亲夫之约。可他也很敏感，从我的话语当中，也能听出一二，万一他失了约，恐怕也猜得出，清晨我会做出什么事来。既然如此，他誓也发过，是不会不来的。——那是风声吗？——一想到自从那天以来，一直痛苦忧伤，今夜总算熬到了头，心里顿觉一宽。明天，太阳想必会在我无头的尸体上，洒下一抹寒光吧。

看到尸体，我丈夫——不，不要去想他，他是爱我的。可我对这爱却无能为力。很早以来，我就只爱一个男人。而这唯一的男人，今夜却要来杀我。在我看来，这灯台的光，也显得晶光耀眼。更不消说，我是被情人折磨致死的呢。

……袈裟吹灭了灯台的火，不大会儿，黑暗中隐约听到撬开板窗的声音。与此同时，一线淡淡的月光泻了进来。

古都

[日] 川端康成

千重子发现老枫树干上的紫花地丁开了花。

“啊，今年又开花了。”千重子感受到春光的明媚。

在城里狭窄的院落里，这棵枫树可算是大树了。树干比千重子的腰围还粗。当然，它那粗老的树皮，长满青苔的树干，怎能比得上千重子娇嫩的身躯……

枫树的树干在千重子腰间一般高的地方，稍向右倾；在比千重子的头部还高的地方，向右倾斜得更厉害了。枝丫从倾斜的地方伸展开去，占据了整个庭院。它那长长的枝梢，也许是负荷太重，有点下垂了。

在树干弯曲的下方，有两个小洞，紫花地丁就分别在那儿寄生。并且每到春天就开花。打千重子懂事的时候起，那树上就有两株紫花地丁了。

上边那株和下边这株相距约莫一尺。妙龄的千重子不免想道：“上边和下边的紫花地丁彼此会不会相见，会不会相识呢？”她所想的紫花地丁“相见”和“相识”是什么意思呢？

紫花地丁每到春天就开花，一般开三朵，最多五朵。尽管如此，每年春天它都要在树上这个小洞里抽芽开花。千重子时而在廊道上眺望，时而在树根旁仰视，不时被树上那株紫花地丁的“生命”所打动，或者勾起“孤单”的伤感情绪。

“在这种地方寄生，并且活下去……”

来店铺的客人们虽很欣赏枫树的奇姿雄态，却很少有人注意树上还开着紫花地丁。那长着老树瘤子的粗干，直到高处都长满了青苔，更增添了它的威武和雅致。而寄生在上面的小小的紫花地丁，自然就不显眼了。

但是，蝴蝶却认识它。当千重子发现紫花地丁开花时，在院子里低低飞舞的成群小白蝴蝶，从枫树干飞到了紫花地丁附近。枫树正抽出微红的小嫩芽，蝶群在那上面翩翩飘舞，白色点点，衬得实在美极了。两株紫花地丁的叶子和花朵，都在枫树树干新长的青苔上，投下了隐隐的影子。

这是个浮云朵朵、风和日丽的一天。

千重子坐在走廊上，望着枫树干上的紫花地丁，直到白蝶群飘去。她真想对花儿悄悄说上一句："今年也能在这种地方开花，多美丽啊。"

在紫花地丁的下面、枫树的根旁，竖着一个古色古香的灯笼。记得有一回，千重子的父亲告诉她：灯笼脚上雕刻着的立像是基督。

"那不是玛利亚吗？"当时千重子问道。"有一个很像北野天神的大象呀。"

"这是基督！"父亲干脆地说。"没抱婴儿嘛。"

"哦，真是的……"千重子点了点头，接着又问，"我们的祖先里有基督教徒吗？"

"没有。这灯笼大概是造园师或石匠拿来安放在这里的，不是什么稀罕的东西。"

这个雕有基督像的灯笼，可能是当年禁止基督教的时候制造的吧。由于石头的质量粗糙、不坚实，浮雕像又经过几百年风吹雨打，只有头部、身体和脚的形状依稀可辨。可能原来就是一尊简单的雕像吧。雕像的袖子很长，几乎拖到衣服的下摆，好像是合着掌，只有胳膊周围显得比较粗。形象模糊不清。然而，看上去与佛像或地藏菩萨像完全不同。

这尊基督雕像的灯笼，不知道是从前的信仰象征呢，还是旧时异国的装饰，如今只因古老，才被安置在千重子家的庭院那棵老枫树根旁。每逢客人看到它，父亲就说："这是基督像。"不过，来谈生意的客人中，很少有人注意到大枫树下还有这么个古老的灯笼。人们纵然注意到了，也会觉得在院子里摆设一两个石灯笼是很自然的，不会去理睬它。

千重子把凝望着树上紫花地丁的目光移到下方，直勾勾地盯着基督像。她虽然没有念过教会学校，但她喜欢英语，常常进出教堂，也读读《圣经》新约和旧约。可是要给这个古老的灯笼献把花束，或点根蜡烛，她就觉得不合适。因为灯笼上哪儿也没有雕上十字架。

基督像上的紫花地丁，倒是令人感到很像玛利亚的心。千重子又把视线从灯笼移到紫花地丁上——忽然，她想起了饲养在古丹波（旧地名，即今京都府及兵库县的一部分，盛产陶瓷——译注）壶里的金钟儿。

千重子开始饲养金钟儿，约莫在四五年前，是在她发现老枫树上寄生的紫花地丁很久以后的事吧。当时她在高中同学的起居室里，听见金钟儿鸣叫不停，便要了几只回家饲养。

“在壶里太可怜啦！”千重子说。可是同学却回答说：总比养在笼子里让它白白死去好。据说有的寺庙养了很多，出卖虫卵。可见还有不少爱好者呢。

千重子饲养的金钟儿，现在增加了很多，已经发展到两个古丹波壶了。每年照例从七月一日左右开始孵出幼虫，约莫在八月中旬就会鸣叫。

但是，它们是在又窄又暗的壶里出生、鸣叫、产卵，然后死去。尽管如此，它们还能传宗接代地生存下去。这比起养在笼中只能活短暂的一代就绝种，不是好得多吗？这是不折不扣地在壶中度过的一生。可谓壶中别有天地啊！

千重子也知道，从前中国有个故事，叫做“壶中别有天地”。说的是壶中有琼楼玉宇，到处是美酒和山珍。壶中也就是脱离凡界的另一个世界的仙境。这是许多仙人传说中的一个故事。

当然，金钟儿并非厌弃世俗才进壶里的。纵然在壶里，恐怕它也不会知道是在其中。并且传宗接代地生存下去。

最使千重子感到吃惊的是：倘使不经常把别处的雄金钟儿放进壶里，而只让同一个壶里的金钟儿自行繁殖，那么新生的幼虫就会变得瘦小体弱。那是反复近亲交配的缘故。为了避免这种情况，金钟儿爱好者们都有交换雄金钟儿的习惯。

如今是春天，虽不是金钟儿鸣叫的秋天，而且在枫树树干的洞里，今年也开了紫花地丁，千重子之所以想起壶中的金钟儿，并不是没有缘由的。

金钟儿是千重子把它放进壶里的，可是紫花地丁是怎样到这个如此狭窄的小天地来的呢？今年紫花地丁开花了，金钟儿想必会出生、鸣叫的。

“这就是生命的自然规律吗？”

千重子把春风吹乱了的头发，撩在一只耳朵边上，面向着紫花地丁和金钟儿寻思对比。

“那么，自己呢……”

在这自然界万物充满生机的春日里，千重子一个人观赏着这株小小的紫花地丁。

店铺那边传来了准备开午饭的声响。

千重子要去梳妆打扮，因为约好去赏花的时间快到了。

原来是昨天水木真一给千重子来电话，邀她去平安神宫观赏樱花。据说真一的朋友—— 一个学生，在神宫入口担任半个月的检票工作，他告诉真一：现时樱花正盛开。

“是我叫他留心观察的，再没有比这个消息更确切的啦。”

真一说着，浅浅一笑，笑得那样迷人。

“他会留意我们吗？”千重子问。

“他是个看门人，谁都得经过这道关卡才能进去的呀。”

真一又笑了几声。“不过，如果你不愿意这样，咱们就分别进行，在院里的樱花树下相会好了。好在那些花，即便是独自一个人，也是百看不厌的。”

“那么，你就一个人去看好啰。”

“好是好，不过万一今晚来一场大雨，花全凋谢了，我可就不管了。”

“我就看落花的景致呗。”

“被雨打落的花都脏透了，还会有落花的景致吗？所谓落花……”

“真坏呀！”

“谁？……”

千重子挑了一件不太显眼的和服穿上，出门去了。

平安神宫的“时代节（京都平安神宫从1895年开始，每年10月22日举行的一次游神节，以显示自平安时代至明治维新各个时期的风俗变迁。）也是有名的。这座神宫是为了纪念距今一千多年以前在京都建都的桓武天皇，于明治二十八年（1895年）营造的。神殿的历史不算太长。不过，据说神门和外殿，是仿当年平安京的应天门和太极殿建造的。它右有橘木，左有樱树。昭和十三年还把迁都东京之前的孝明天皇的座像一并供奉在这里。很多人就在此地举行神前婚礼。

更令人神往的是，装饰着神苑的一簇簇的红色垂樱。如今的确可以称得上除了这儿的花朵，再没有什么可以代表京都之春的了。

千重子一走进神苑入口，一片盛开的红色垂樱便映入眼帘，仿佛连心里也开满了花似的。“啊！今年又赶上京都之春了。”她赞叹了一声，就一直伫立在那儿观赏。

但是，真一在哪里等着呢？或是还没有来？千重子打算找到了真一，再去赏花。她从花木丛中走了出来。

真一躺在这些垂樱下的草坪上。他双手交抱着放在后脑勺下面，闭上了眼睛。

千重子没想到真一会躺在那儿。实在讨厌。既然在等候年轻的姑娘，却居然这样躺着。与其说他太不懂礼貌，使自己受到了侮辱，不如说自己讨厌真一那副睡相。在千重子的生活环境里，她看不惯男人躺倒的姿态。

也许真一常在大学校园的草坪上与同学曲肱为枕，仰脸躺着谈笑惯了，现在这样躺着不过是平日的姿态罢了。

再说，真一身旁有四五个老太婆，她们一边打开多层方木盒，一边闲聊天。也许是真一对这些老太婆感到亲切，起先是挨着她们坐，后来才躺下的吧。

这么一想，千重子不由得要发笑，可自己的脸反倒飞起了一片红晕。她只是站着，没把真一叫醒。而且还想离开真一……千重子的确从未见过男人的睡姿。

真一穿着整洁的学生服，头发也理得整整齐齐的。合上睫毛，活像个少年。然而，千重子没有正面瞅他一眼。

“千重子！”真一喊了一声，站了起来。千重子忽然变得不高兴了。

“在这种地方睡觉，不难为情吗？过路人都瞅着呢。”

“我没睡着，你一来我就知道。”

“真坏！”

"我不叫你，你打算怎么办？"

"看到我来才装睡的吧？"

"想到有这样一个幸福的姑娘走来，我就不由得有点哀伤。头也有点痛……"

"我？我幸福？……"

"你头痛？"

"不，已经好了。"

"脸色不怎么好嘛。"

"不，已经没什么了。"

"真像一把宝刀呀！"

真一偶尔也听别人说过他的脸像一把宝刀，可是从千重子嘴里听到这还是头一次。

真一被人这么形容的时候，心里洋溢着一股激情。

"这把宝刀是不伤人的。何况又是在樱花树下呢。"真一说着，笑了起来。

千重子爬上斜坡，向回廊的入口处折回去。真一也离开草坪，跟着走过去。

"真想把所有的花都看遍呀。"千重子说。

他们一来到西边回廊的入口处，映入眼帘的便是红色垂樱，马上使人感觉到春天的景色。这才是真正的春天！连低垂的细长枝梢上，都成簇成簇地开满了红色八重樱，像这样的花丛，与其说是花儿开在树上，不如说是花儿铺满了枝头。

"这一带的花儿，我最喜欢这种啦。"

千重子说着，把真一引到回廊另一个拐弯的地方。那里有一棵樱树，枝桠凌空伸张着。真一也站在旁边，望着那棵樱树。

"仔细一看，它确实是女性化了呀！"真一说。"不论是垂下的细枝，还是花儿，都使人感到十分温柔和丰盈……"

而且八重樱的红花仿佛还稍带点紫宝色。

"我过去从没想到樱花竟然会这般女性化。无论是它的色彩、风韵，还是它的娇媚、润泽。”真一又说。

他们两人离开这棵樱树，向池子那边走去。在马路边上，有张折凳，上面铺着绯红色毡子。游客坐在上面品赏谈茶。

“千重子！千重子！”有人在喊。

身穿长袖衣服的真砂子，从坐落在微暗的树丛中的澄心亭茶室走了下来。

“千重子，我想请你帮个忙。我累了，刚才帮师傅伺候茶席来着！”

“我这身装束，顶多只能帮忙洗洗茶具。”千重子说。

“没关系，洗洗茶具也……真的，来不来嘛。”

“我还有朋友呢……”

真砂子这才发现真一，便咬着千重子的耳朵轻声地问：“是未婚夫？”

千重子轻轻地摇了摇头。

“是好朋友？”

千重子还是摇摇头。

真一转过身子，走开了。

“喏，一起进茶室喝喝茶不好吗？……现在，位子正空着呢。”真砂子劝道。

千重子婉谢了，她追上真一，说：“我那位茶道朋友长得标致吧？”

“当然标致啰。”

“哎呀，人家会听见的啊！”

千重子向站在那儿目送他们的真砂子，行了个注目礼以示告别。

穿过茶室下面的小道，就是水池。池畔的菖蒲叶，悠悠嫩绿，挺拔多姿。睡莲的叶子，也漂浮在水面上。

这个池子周围，栽有樱树。

千重子和真一绕过池子，踏上一条昏暗的林荫小道。嫩叶的清香和湿土的芬芳扑鼻而来。那条林荫小道很短。眼前展现一座明亮的庭园，这里的水池比方才的水池还大。池边的红色垂樱倒映在水中，凄美无比。外国游客把樱树摄入了镜头。

然而，水池对岸的树丛中，梫木也腼腆地开着白花。千重子想起奈良来了。那里有许多松树，虽未成材，却也千姿百态。倘使没有樱花，那劲松的翠绿倒也能引人入胜。不，就是现在，松木的蓊郁清翠和池子的悠悠绿水，也能把垂樱的簇簇红花，衬得更加鲜艳夺目。

真一领头踏上了池子的踏石。这叫做“涉水”。这是一种圆踏石，就像把华表切断排列起来似的。千重子踏上去，有时还得稍稍撩起和服的下摆。

真一回过头来说：“我背你过去。”

“不妨试试，我佩服你。”

当然，这些踏石连老太婆都走得过去。

踏石边上也漂浮着睡莲的叶子。而靠近对岸，踏石周围的水面，倒映着小松树的影子。

“这种踏石的排法，也富于幻想吧？”真一说。

“日本的庭园不都是富于幻想的吗？这就如同人们对醍醐寺庭园里的杉藓总爱嚷嚷什么富于幻想呀，富于幻想的，反而令人讨厌……”

“是吗？那种杉藓的确是富于幻想嘛。醍醐寺的五重塔已经修好，正在举行落成典礼呢。咱们去看看吧。”

“醍醐寺的塔也是模仿新金阁寺建造的吗？”

“一定是焕然一新了吗。不过，塔没被烧掉……是按原来的模样拆掉重建的。落成典礼正好赶上樱花盛开时节，一定会招来许多人的。”

“要论赏花，就得数这里的红色垂樱，此外再没什么地方可看的了。”

不一会儿，两人走完了最后几块踏石。

走完那排踏石，岸边松树林立，转眼间来到了桥殿。这里正式名字叫“泰平阁”，这座桥令人联想到“殿”的样子。

桥两侧有矮靠背折椅，人们坐在这里憩息，可以越过水池眺望庭园的景色。不，当然应该说这是有水池的庭园。

坐着憩息的人们，有的在喝饮料，有的在吃东西，也有的小孩子在桥正中跑来跑去。

“真一，真一，这儿……”千重子首先坐下，用右手按在凳上，给真一占了一个位子。

“我站着就行。”真一说，“蹲在你脚下也……”

“这又何必呢。”千重子陡地站起来，让真一坐下。“我买鲤鱼饵食去，就来。”

千重子折回来，把饵食扔到池子里，鲤鱼便成群簇拥上来，有的还把身子挺出水面。微波一圈套一圈地扩展开来。樱树和松树的倒影也在波面微微摇荡。

千重子说了声：“给你吧！”就把剩下的饵食给了真一。真一默不做声。

“现在还头痛吗？”

“不了。”

两人在那儿坐了好一阵子，真一定睛凝望着水面。

“在想什么呢？”千重子问道。

“啊，怎么说呢。总会有什么也不想的幸福时刻吧。”

“在樱花盛开的日子里……”

“不！在幸福的小姐身边……这幸福感染了我，青春似火啊！”

“我幸福吗？……”千重子又再问了一遍，眼光里忽地露出了忧愁的神色。她低着头，看上去只不过像是一泓池水映入她的眼帘罢了。

千重子站了起来。

“桥那边有我喜欢的樱花。”

“喏，那棵树从这儿也可以看见。”

那边的红色垂樱美丽极了。这也是有名的樱树。它的枝桠下垂，像垂柳一般，并且伸张开去。千重子走到樱树荫下，微风轻轻地吹拂过来，花儿飘落在她的脚边和肩上。

花朵稀稀疏疏地飘落在樱花树下。有的还漂浮在池子的水面上。不过，大概也只有七八瓣的光景……

低垂的枝丫尽管有竹竿支撑着，但有些纤细的花枝枝梢仍然快垂到地面上了。

透过红色八重樱纷垂的枝丫间的缝隙，可以望见池子对岸东边树丛上方那苍翠的山峦。

“那是东山的支脉吧？”真一说。

“那是大文字山。”千重子回答。

“哦，是大文字山吗？怎么显得那么高？”

“也许是从花丛中看去的缘故吧。”

说这话的千重子，自己也站在花丛中。

两人都依依不忍离去。

这樱树周围铺着白粗沙子，砂地右首是一片松林，在这庭园里可算是挺拔的了，显得格外的美。然后，他们来到了神苑的出口。

走出应天门，千重子说：“真想到清水寺去看看啊。”

“清水寺？”真一那副神态好像是说这地方多么一般啊。

“我想从清水寺鸟瞰京城的暮景，想看看日落时的西山天色。”千重子重复地说了几遍，真一只好答应了。

“好，那就去吧。”

“步行去吗？”

路程很远。但是他们俩躲开电车道，从南禅寺那边绕远路走，穿越知恩院后面，通过圆山公园，踏着幽雅的小路，来到清水寺跟前。这时候，恰好天空披上了一层春天的晚霞。

参观清水寺舞台的人，只剩下寥寥三四个女学生，都难以看清她们的面部了。

这正是千重子兴致勃勃的时候。幽暗的大雄宝殿已经点上了明灯。千重子没在正殿的舞台上停步，径直走了过去。经过阿弥陀堂前，一直走到了后院。

后院也有一个面临悬崖绝壁的“舞台”。这舞台狭窄而小巧。但是，舞台是西向。向着京城，向着西山。

城里华灯初上，而天边还残留着一抹淡淡的霞光。

千重子倚在舞台的波形栏杆上，远眺西山，仿佛忘却了陪伴着她的真一。真一走到了她的身旁。

“真一，我是个弃儿哩！”千重子突然冒出了一句。

“弃儿？……”

“嗯，是弃儿。”

真一迷惑不解，“弃儿”这句话的真正含意是什么呢？

"弃儿？"真一喃喃自语。"千重子，你也会觉得你自己是弃儿吗？要是千重子是弃儿，我这号人也是弃儿啦，精神上的……也许凡人都是弃儿，因为出生本身仿佛就是上帝把你遗弃到这个人世间来的嘛。"

真一直勾勾地望着千重子的侧脸，脸上若有若无地染上了霞彩，恐怕这就是春天给人的一点淡淡的忧愁吧。

"所以，人仅仅是上帝的儿子，先遗弃再来拯救……"真一说。

然而，千重子似乎没有听进去，她只顾俯瞰灯光璀璨的京城，没有回头瞧真一一眼。

真一感到千重子有一种不可名状的哀愁，他正要把手搭在她肩上，千重子却躲闪开了。

"请别碰我这个弃儿。"

"我说过，上帝的孩子——人，都是弃儿嘛……"真一稍稍加强语气说。

"别说得那么玄妙啦。我不是上帝的弃儿，而是被生身父母遗弃的孩儿。"

"……"

"是被扔到店铺橙色格子门前的弃儿吧？"

"瞎说！"

"是真的。这种事告诉你也无济于事，不过……"

"……"

"我呀，从清水寺这儿眺望京城苍茫的暮色，不由得想到：我真的是在京都出生的吗？"

"瞧你都说些什么呀，你的脑筋有点怪哩……"

"这种事干么要骗你。"

"你不是批发商宠爱的独生女吗？独生女是富于幻想的。"

"敢情，我是受到宠爱的。现在就是弃儿也不碍事……"

"有什么证据说你是弃儿？"

"证据？店铺的橙色格子门就是证据。古老的格子门对我最了解不过了。"千重子的声音越发迷人了。"记得我刚上中学的时候，妈妈把我找去告诉我：'千重子，你不是我的亲生女儿。我们抢到了一个招人喜欢的婴儿，就一溜烟似的坐车逃跑了。'可是，抢婴儿的地点，爸妈有时不经心，说法不一致。一个说是在赏夜樱的祇园里，一个则说是在鸭川河滩上……他们准以为说我是被扔在店铺门前的弃儿，太可怜了，所以才编出这一套……”

“噢？那么，你知道你的生身父母是谁吗？”

“养父母既然那么疼爱我，我就不想找生身父母了。他们大概早已成了仇野（仇野是京都嵯峨爱宕山麓的墓地。）附近无人凭吊的游魂了吧？石碑都已经破旧不堪……”

春天，西山柔和的暮色，几乎把京都的半边天染上了一层淡淡的霞光。

真一不信千重子是个弃儿，更无法相信她是捡来的。千重子的家，坐落在古老的批发商店街，只需在附近一打听，很快就能了解底细的。可是，真一眼下压根儿就不想去调查。他有点迷惑，很想了解千重子为什么要在此时此地作这番表白。

然而，邀真一来清水寺，难道就是为了作这番表白？千重子的声音更加纯真、清朗。这里面蕴藏着一股美好而坚强的力量。仿佛不像是对真一倾诉自己的衷肠。

无疑，千重子隐隐约约觉察到真一在爱她。她的告白，也许是为了让自己爱着的人了解自己的身世。可是真一却听不出来。相反地，使他感到她的话音里包含着拒绝他的爱。纵然“弃儿”这话出自千重子编造的也罢……

真一曾在平安神宫再三说千重子很“幸福”，但愿她的告白是对这话的抗议，因此他试探说：“你知道自己是弃儿，感到寂寞吗？伤心吗？”

“不，丝毫不寂寞，也不悲伤。”

“……”

“我要求上大学时，我父亲说：一个要继承家业的女孩子家上什么大学。上了大学，反而碍事。倒不如多关心点买卖。只是在这个时候，我才感到有点……”

“是害怕吗？”

“是害怕。”

“是对父母绝对服从吗？”

“嗯，绝对服从。”

“在婚姻问题上也是绝对服从？”

“嗯，现在我是打算绝对服从的。”千重子毫不犹疑地回答了。

“你没有自己的……自己的感情吗？”真一问。

“有，太多了，有点不好办……”

“你想把它压抑，把它抹杀？”

“不，不想抹杀。”

“你总是绕着弯说。”真一微微一笑，声音却有些颤抖，他把上身探出波形栏杆，想要偷看一眼千重子的脸。“真想看看你这谜一般的弃儿的脸啊！”

“已经天黑了。”千重子这才第一次回头来看真一。她的眼睛里闪耀着光芒。

“真可怕……”千重子把视线落在大雄宝殿的屋顶上。她仿佛感到那用厚扁柏树皮葺的屋顶，以沉重而阴暗的气势逼将过来，有点使人害怕。

空屋

冰心

虹和我把我们一生的欢乐和希望，寄托在这一所空房子上面——但是，为什么不可以呢？

这所房子，无论从哪一方面看，都是一座极合于理想的小家庭住宅：背倚着山，房子盖在斜坡上，门对着极凹的山谷。这山峰、山坡、山谷上都长满着青松。山上多雾多风多雨，这房子便幽幽的安置在松涛云海之间。附近并无人家，一条羊肠小径，从房子底下经过。大门是树身钉成的一个古雅的架子，除天生的几丛竹子外，没有围墙。几十级石阶，三四个曲折，便升到这房子的廊上，门窗很大，很低，棂木都是冰纹式的，精雅得很。隔着玻璃望进去：一色的淡黄色的墙壁，和整齐的地板，左首是前后两间，光线很好。右首是横方形的一大间，后墙上有一个大壁炉。这大间的后面，是横断的两间，右边是屋子，左边是通后院的甬道。绕过廊子，推开后院的小门，就看见和前面房子只隔着一条仄小的院子，紧靠着山壁，还有一排三间小屋子，是预备做厨房和下房用的。

虹，无论从哪一方面看，都是最理想的和我共营生活的一个女性：她不是太健康，也不算太美丽，但她有着极灵活的风度，极动人的颦笑，和极潇洒的谈锋。她的理想，她的见解，有许许多多和我相同的地方。一想到她，会使得我哭，也会使得我笑，她在我心里，是这样的生着根，假如我失掉她……呵，我不能想象……虽然她还有一个半身不遂的母亲，一个白痴的哥哥，和一个生着肺病的妹妹，但这有什么关系呢？

我自己呢？总算是一个向上的青年，我是一个化工的大学生，毕业后在这山上的化工试验所，做着研究的工作。我没有一切的恶习惯，和不良的嗜好，我尊重我的事业，我不爱钱。我相信我若埋头苦干，我是不会辜负我的国家，我的社会的……虽然我有一个老病的父亲，骄奢的继母，和五个幼小的弟妹……但这又有什么关系呢？

假如我能和我的虹，永远关闭在这所幽雅的屋子里，环境和同伴，就会把我们的精神和勇气，鼓励振作了起来。我们一同看书，一同谈话，一同研究学习，我们就是拉着重担的小牛，也要是一对快乐合作的牛，喜喜欢欢的流汗喘息前进！

这房子，据说是一个大官兼巨商的产业，是他的左右替他盖的。这不过是他许多别墅中最小最简陋的一座，他自己连来也没有来过，好几年空在那里。当然他也许也会来住，也许会让给朋友住，但只要目前是空着，虹和我能常去走走，也是没有什么关系的。

这房子离我们的试验所，只有半里路。在两年前的一个黄昏，我工余在这条小径上散步，松影中抬头瞥见，偶然拾级而登，周视之下，十分叹赏，但那时还不过是叹赏而已。直到去年的一个月夜，因为躲避空袭，和虹在这庙上，抱膝对坐，谈到深夜，这窗影，这檐风，这满山的松月，和虹的清脆的语声，以及她带笑含忧的侧影，便把我整个灵魂，旋卷了起来，推塞在这所空房子里面……

虹做着教师的那个家庭，离这房子也不过有一里多路。我们第一次相逢，是在这山坡上的一个防空洞里，我带著一大包的文书，她带着三四个孩子。我们洞内的座位，恰巧相连。关闭的时间太久了，当她的学生们，焦躁吵闹的时候，我便讲些故事给他们听。我素来是喜欢小孩子的，和他们说得很热闹，根本没有注意到黑暗中默坐的女教师！等到警报解除，大家挤到洞口，虹拉着孩子，向我道谢。她的腼腆笑容，和洞外的阳光，一样的耀眼。从那时起，我们在洞里外，都常常招呼，谈话。

这一个夏天，我忽然觉得有说不出的高兴，工作之中，常常忍不住微笑，口里常常吹着短歌。接到诉苦催款的信，也不会影响到我的睡眠，粗恶的饮食，也能下咽，而且吃得很多。我觉得我是在幸福中饮食，在幸福中眠起，世界上只要有着虹和我，其他一切，又有什么关系呢？

虹和我第二次去看那房子，是在一个星期日，我们约定在那廊上野餐，我带的是两斤大饼，半斤酱牛肉，和一瓶水。虹带着一包花生和几块糖。那时我们彼此都已知道对方是拉着一车重担的小牛，更不在这些事上客气，而且我们都吃得十分香甜。吃过了野餐，我带着虹从后门进去，细细的看了每一间屋子。虹张着一双大眼，不住的赞叹这建筑师的缜密的心思。那天她穿着一件淡黄色沿黑边的单衫，散发披肩，双颊上有着一层不常见的健康的红润。她兴奋的指画着说："你看这方向多好，整个房子朝着东南！这东南角的屋子正好做书房，东窗前可以放一张大大的书桌，四墙嵌上矮矮的书橱，南窗下再放一张小小的茶几，九张小椅子，这屋子就不必再有别的陈设了。"一转身她又往后走，嘴里说："这间朝南的房子，正好做卧房，阳光也好，配上浅红色的窗帘，矮床，摇椅，和一张小巧的梳妆台，空气就非常的柔静。最好的还是外面的一大间……"她说着又走到外面大屋子里，倚着窗口，回头笑说："这四周松影太浓了，这间要挂上彩云式的窗帘，才显着光亮。买白布来，拿油彩画上去，这样，无论屋里插什么颜色的花草，全都合式。壁炉上挂上蒙娜丽莎（Monaliza）的画像，再配上一对淡黄色的蜡烛，该多么淡雅！看这壁炉，多大，多简朴！山后有的是乱柴，去捡些来，冬天阴雨的黄昏，把壁炉点上，不点灯，在炉火中品茶，听雨，呵，听到半夜我也愿意……"她呼吸有些急促，不住的说了下去。

我一声不响的看着她，这少女多么美丽，多么聪明！她竟在这空屋里，用幻想布置了一个最美丽的住宅……我快乐的微笑了，我说，"虹，等明儿我攒够了钱，把这所房子买下来，接你来住！"她惊异的抬起头来望着我，脸上忽然盖上一层更深的红晕。我知道我说错了话，赶紧接着说："你既然如此喜欢，我买了这房子，分租给你。"她才笑了一笑，但立刻又皱起眉来，心不在焉的往外走，我也便跟到廊外，我们都沉默了下来。本来么，我从来没有表示过我爱她，她也没有说过她爱我，其他的更谈不到了。不过，只要我们心里都明白，都了解，一切的一切，又有什么关系呢？

此后我们又去过许多次。这一夏天，空袭太多了，我不能工作，她也没有教书，但我们都不到防空洞里去，山上本来安全，这院里又是最幽静的地方，在阳光和月色下，我们就坐在廊栏上闲谈。虹在庭院布置上，又添了许多意见：廊下要种些玫瑰，竹边要栽上美人蕉，石阶两旁要植些杜鹃，剪平了便是天然的短墙……我总是微笑的听着，这种谈话，总继续到警报解除为止。

雾季来临，空袭没有了。我赶着补做实验室里的工作，虹也给学生赶补功课，我们见面的时候很少。但在忙逼劳碌之中，我的心中，总憧憬着那在幻想中布置起来的房屋和庭院，和在房里院中欢笑行走的虹。这憧憬使我沉迷，使我陶醉，一想起来，胸头便热烘烘的！

春天该是更快乐的了，而我的心里，却加上一层重压。上海家的来信，总是提到生活越来越高，父亲的宿疾也越来越重，债是借到无可再借，希望我能够寄点钱回去。否则不但弟妹们要失学，就是全家也眼看着要断炊了。

虹呢，本来她的一家住在南岸她的表兄的工厂里。她的表兄是个厂长，手头很丰裕，待她一家也极好，但她的表嫂于春初亡过了，没有人理家。在周末，虹就常常到南岸去，回来时总是很忧郁，很沉默，难得看见她快乐的笑容。我们渐渐的觉到"现实"的箍儿，越箍越紧，虽然我们还挣扎着往幻想的道上走……

暑期中，虹住在南岸，我去兰州赴了工程师学会年会，顺便在西北考察了一趟。回到山上，在初秋阴雨的黄昏，在我杂乱的书案头，拆开了两封信。

第一封是我叔叔的，上面写：

颖侄惠青：

前得汝父自上海来函，道及近来家计，已到山穷水尽地步，深以汝历年只知自己前途，不念家庭负担为憾！叔亦老也，家中食指浩繁，势难兼顾，研究所中薪水太薄，不足久恋，兹已为侄在××银行，谋得助理员之职，地位虽低，而薪津分红，平均每月可在三万元左右。此事之成，半由机缘，半由面子，万勿再以"兴趣""事业"为辞，坐失机会！望即日辞职，进城报到，切要切要。

叔字第二封是虹的，只短短的几个字。

颖：我昨天已辞了这里的事，打算回到南岸去久住了，明天下午请到那空屋廊上相见，即使话别，心乱如麻，一切面述。

虹

即日我拿着这两封信，只觉得手足冰冷，胸头发噎，窗外已经沉黑；只有一两星微弱的灯火，在层层的雾阵中挣扎着闪烁——第二天的黄昏，我拖着沉重的脚步，望山上走，这小径，本来是走向乐园之路，而今天……我低着头正在昏昏的想，猛抬头已到了这所房子的门前，我愣住了，擦了擦眼睛，重新再认，呵，一切都改观了！四围已编上比人还高的竹篱，两扇漆黑的大门，紧紧的关闭着，篱笆上面露出窗户和廊子，窗上挂着白色的布帘，廊上晾着一行行的杂色衣裤……

我打了一个寒噤，似乎整座山峰在我脚下震撼！我咬着牙，站了一站，便踉跄的走过这房子，迎着虹的来路。

在半路上我把虹截住，她的头发上满是雾珠，一件灰色的雨衣，裹住了她细小的身躯，眼圈微黑，更显出那黑大深愁的双眼，她向我惨惨的一笑，一面仍往前走。我拦住她，说："虹，我们不能去了，那房子有人住了！"

我的声音带些颤动，她抬头注视着我，咬着唇儿，又惨惨的一笑，我们就在路边站住了。

经过了久久的沉默——我慢慢的从袋里掏出叔叔的那封信来，塞在虹的手里。虹展开了信，细细的看了一遍，又无言的递回给我。她两手插在雨衣袋里，用鞋尖踢弄着地下的石子，半天，抬起头来，说："好，我们都得走开了，你牺牲了你的事业，我……我牺牲了我的……爱情……"我抬起头来，她笑了，笑得异样："我已答应了嫁给我的表兄，这当然是父母的意见。表兄从小就欢喜我，因着喜欢我，就担负了我的一家。我对他却只有感激，没有爱情。我总希望也许有一天，我能够独力把这病苦的家庭负担起来，好减轻他的恩债。因着较高的报酬，我就来到这山上，做着教师兼保姆，和这几个淘气的孩子，混了三年，而现在……

不知是何冤孽，竟在这里遇见你！我们都是最可怜可鄙的孩子，只知往幻想中沉溺，逃避，这幻想曾使我们朦胧的快乐了许多日子，但现实还是现实！比浮云还轻，现实比泰山还重，到了今天，浮云散尽，我们才发现自己已被压在这惨重的现实之下！”

她停了一停，双颊绯红了起来，微微的咳嗽了几声，“然而我并不追悔我们的相逢——我们虽然从今永远分开了，在海角，在天涯，我们却都知道我们正在走着同一的命运，那就是无休无尽的寂寞与忧愁……

“我并不要求你忘记了我，因为我知道你不会忘记我，正和我不会忘记你一样。”她伸出手来，“再见罢，颖！不，我不说再见，我希望我们永不再见！”

眼泪塞满了我的喉头，我捧住了她的手，停了一会，她挣脱了，转身便走，我正要唤住了她，她忽然又转过身来，满脸的泪光，满脸的笑，她伸着双臂：“幻想，为什么不可以呢，让我们还拿幻想来结束这别离……颖，你不是进城上班去么？别忘了你还有个美丽舒适的家，你好好上班，周末回来，我在窗口点上一支红烛，来照耀你的归途。我在壁炉边矮几上，给你准备下一顿精美的晚餐，你在这小路上唤我，我就跑下层阶来接你！去罢，我的颖，星期六晚上见！”她在哽咽声中长笑着，回头便走入松林深雾之中——黑暗压盖了下来！我的灵魂已离开了我，我的麻木的腿，一步一步的拖着我的躯壳，往山下走——这小路无尽的长，往下，往下，把我引到无底的深渊里去。

我的童年

季羡林

回忆起自己的童年来，眼前没有红，没有绿，是一片灰黄。

七十多年前的中国，刚刚推翻了清代的统治，神州大地，一片混乱，一片黑暗。我最早的关于政治的回忆，就是“朝廷”二字。当时的乡下人管当皇帝叫坐朝廷，于是“朝廷”二字就成了皇帝的别名。我总以为朝廷这种东西似乎不是人，而是有极大权力的玩意儿。乡下人一提到它，好像都肃然起敬。我当然更是如此。总之，当时皇威犹在，旧习未除，是大清帝国的继续，毫无万象更新之象。

我就是在这新旧交替的时刻，于1911年8月6日，生于山东省清平县（现改临清市）的一个小村庄——官庄。当时全中国的经济形势是南方富而山东(也包括北方其他省份)穷。专就山东论，是东部富而西部穷。我们县在山东西部又是最穷的县，我们村在穷县中是最穷的村，而我们家在全村中又是最穷的家。

我们家据说并不是一向如此。在我诞生前似乎也曾有过比较好的日子。可是我降生时祖父、祖母都已去世。我父亲的亲兄弟共有三人，最小的一个(大排行是第十一，我们把他叫十一叔)送给了别人，改了姓。我父亲同另外的一个弟弟(九叔)孤苦伶仃，相依为命。房无一间，地无一垄，两个无父无母的孤儿，活下去是什么滋味，活着是多么困难，概可想见。他们的堂伯父是一个举人，是方圆几十里最有学问的人物，做官做到一个什么县的教谕，也算是最大的官。他曾养育过我父亲和叔父，据说待他们很不错。可是家庭大，人多是非多。他们俩有几次饿得到枣林里去拣落到地上的干枣充饥。最后还是被迫弃家(其实已经没了家)出走，兄弟俩逃到济南去谋生。“文化大革命”中我自己“跳出来”反对那一位臭名昭著的“第一张马列主义大字报”的作者，惹得她大发雌威，两次派人到我老家官庄去调查，一心一意要把我“打成”地主。老家的人告诉那几个“革命”小将，说如果开诉苦大会，季羡林是官庄的第一名诉苦者，他连贫农都不够。

我父亲和叔父到了济南以后，人地生疏，拉过洋车，扛过大件，当过警察，卖过苦力。叔父最终站住了脚。于是兄弟俩一商量，让我父亲回老家，叔父一个人留在济南挣钱，寄钱回家，供我的父亲过日子。

我出生以后，家境仍然是异常艰苦。一年吃白面的次数有限，平常只能吃红高粱面饼子；没有钱买盐，把盐碱地上的土扫起来，在锅里煮水，腌咸菜，什么香油，根本见不到。一年到底，就吃这种咸菜。举人的太太，我管她叫奶奶，她很喜欢我。我三四岁的时候，每天一睁眼，抬腿就往村里跑(我们家在村外)，跑到奶奶跟前，只见她把手一蜷，蜷到肥大的袖子里面，手再伸出来的时候，就会有半个白面馒头拿在手中，递给我。我吃起来，仿佛是龙胆凤髓一般，我不知道天下还有比白面馒头更好吃的东西。这白面馒头是她的两个儿子(每家有几十亩地)特别孝敬她的。她喜欢我这个孙子，每天总省下半个，留给我吃。在长达几年的时间内，这是我每天最高的享受，最大的愉快。

大概到了四五岁的时候，对门住的宁大婶和宁大姑，每天夏秋收割庄稼的时候，总带我走出去老远到别人割过的地里去拾麦子或者豆子、谷子。一天辛勤之余，可以拣到一小篮麦穗或者谷穗。晚上回家，把篮子递给母亲，看样子她是非常欢喜的。有一年夏天，大概我拾的麦子比较多，她把麦粒磨成面粉，贴了一锅死面饼子。我大概是吃出味道来了，吃完了饭以后，我又偷了一块吃，让母亲看到了，赶着我要打。我当时是赤条条浑身一丝不挂，我逃到房后，往水坑里一跳。母亲没有法子下来捉我，我就站在水中把剩下的白面饼子尽情地享受了。

现在写这些事情还有什么意义呢？这些芝麻绿豆般的小事是不折不扣的身边琐事，使我终生受用不尽。它有时候能激励我前进，有时候能鼓舞我振作。我一直到今天对日常生活要求不高，对吃喝从不计较，难道同我小时候的这一些经历没有关系吗？我看到一些独生子女的父母那样溺爱子女，也颇不以为然。儿童是祖国的花朵，花朵当然要爱护；但爱护要得法，否则无异是坑害子女。

不记得是从什么时候起我开始学着认字，大概也总在四岁到六岁之间。我的老师是马景功先生。现在我无论如何也记不起有什么类似私塾之类的场所，也记不起有什么《百家姓》、《千字文》之类的书籍。我那一个家徒四壁的家就没有一本书，连带字的什么纸条子也没有见过。反正我总是认了几个字，否则哪里来的老师呢？马景功先生的存在是不能怀疑的。

虽然没有私塾，但是小伙伴是有的。我记得最清楚的有两个：一个叫杨狗，我前几年回家，才知道他的大名，他现在还活着，一字不识；另一个叫哑巴小(意思是哑巴的儿子)，我到现在也没有弄清楚他姓字名谁。我们三个天天在一起玩，浮水、打枣、捉知了、摸虾，不见不散，一天也不间断。后来听说哑巴小当了山大王，练就了一身蹿房越脊的惊人本领，能用手指抓住大庙的椽子，浑身悬空，围绕大殿走一周。有一次被捉住，是十冬腊月，赤身露体，浇上凉水，被捆起来，倒挂一夜，仍然能活着。据说他从来不到官庄来作案，“兔子不吃窝边草”，这是绿林英雄的义气。后来终于被捉杀掉。我每次想到这样一个光着屁股游玩的小伙伴竟成为这样一个“英雄”，就颇有骄傲之意。

我在故乡只待了六年，我能回忆起来的事情还多得很，但是我不想再写下去了。已经到了同我那一个一片灰黄的故乡告别的时候了。

我六岁那一年，是在春节前夕，公历可能已经是1917年，我离开父母，离开故乡，是叔父把我接到济南去的。叔父此时大概日子已经可以了，他兄弟俩只有我一个男孩子，想把我培养成人，将来能光大门楣，只有到济南去一条路。这可以说是我一生中最关键的一个转折点，否则我今天仍然会在故乡种地(如果我能活着的话)，这当然算是一件好事。但是好事也会有成为坏事的时候。“文化大革命”中间，我曾有几次想到：如果我叔父不把我从故乡接到济南的话，我总能过一个浑浑噩噩但却舒舒服服的日子，哪能被“革命家”打倒在地，身上踏上一千只脚还要永世不得翻身呢？呜呼，世事多变，人生易老，真叫做没有法子！

到了济南以后，过了一段难过的日子。一个六七岁的孩子离开母亲，他心里会是什么滋味，非有亲身经历者，实难体会。我曾有几次从梦里哭着醒来。尽管此时不但能吃上白面馒头，而且还能吃上肉；但是我宁愿再啃红高粱饼子就苦咸菜。这种愿望当然只是一个幻想。我毫无办法，久而久之，也就习以为常了。

叔父望子成龙，对我的教育十分关心。先安排我在一个私塾里学习。老师是一个白胡子老头，面色严峻，令人见而生畏。每天入学，先向孔子牌位行礼，然后才是“赵钱孙李”。大约就在同时，叔父又把我送到一师附小去念书。这个地方在旧城墙里面，街名叫升官街，看上去很堂皇，实际上“官”者“棺”也，整条街都是做棺材的。此时“五四”运动大概已经起来了。校长是一师校长兼任，他是山东得风气之先的人物，在一个小学生眼里，他是一个大人物，轻易见不到面。想不到在十几年以后，我大学毕业到济南高中去教书的时候，我们俩竟成了同事，他是历史教员。我执弟子礼甚恭，他则再三逊谢。我当时觉得，人生真是变幻莫测啊！

因为校长是维新人物，我们的国文教材就改用了白话。教科书里面有一段课文，叫做《阿拉伯的骆驼》。故事是大家熟知的。但当时对我却是陌生而又新鲜，我读起来感到非常有趣味，简直是爱不释手。然而这篇文章却惹了祸。有一天，叔父翻看我的课本，我只看到他蓦地勃然变色。“骆驼怎么能说人话呢？”他愤愤然了。“这个学校不能念下去了，要转学！”

于是我转了学。转学手续比现在要简单得多，只经过一次口试就行了。而且口试也非常简单，只出了几个字叫我们认。我记得字中间有一个“骡”字，我认出来了，于是定为高一。一个比我大两岁的亲戚没有认出来，于是定为初三。为了一个字，我沾了一年的便宜。这也算是逸事吧。

这个学校靠近南圩子墙，校园很空阔，树木很多。花草茂密，景色算是秀丽的。在用木架子支撑起来的一座柴门上面，悬着一块木匾，上面刻着四个大字：“循规蹈矩”。我当时并不懂这四个字的含义，只觉得笔画多得好玩而已。我就天天从这个木匾下出出进进，上学，游戏。当时立匾者的用心到了后来我才了解，无非是想让小学生规规矩矩做好孩子而已。但是用了四个古怪的字，小孩子谁也不懂，结果形同虚设，多此一举。

我“循规蹈矩”了没有呢？大概是没有。我们有一个珠算教员，眼睛长得凸了出来，我们给他起了一个绰号，叫做 shaoqianr (济南话，意思是知了)。他对待学生特别蛮横。打算盘，错一个数，打一板子。打算盘错上十个八个数，甚至上百数，是很难避免的。我们都挨了不少的板子。不知是谁一嘀咕：“我们架(小学生的行话，意思是赶走)他！”立刻得到大家的同意。我们这一群十岁左右的小孩子也要“造反”了。大家商定：他上课时，我们把教桌弄翻，然后一起离开教室，躲在假山背后。我们自己认为这个锦囊妙计实在非常高明；如果成功了，这位教员将无颜见人，非卷铺盖回家不可。然而我们班上出了“叛徒”，虽然只有几个人，他们想拍老师的马屁，没有离开教室。这一来，大大长了老师的气焰，他知道自己还有“群众”，于是威风大振，把我们这一群不知天高地厚的“叛逆者”狠狠地用大竹板打手心打了一阵，我们每个人的手都肿得像发面馒头。然而没有一个人掉泪。我以后每次想到这一件事，觉得很可以写进我的“优胜纪略”中去。“革命无罪，造反有理”，如果当时就有那一位伟大的“革命家”创造了这两句口号，那该有多么好呀！

谈到学习，我记得在三年之内，我曾考过两个甲等第三(只有三名甲等)，两个乙等第一，总起来看，属于上等；但是并不拔尖。实际上，我当时并不用功，玩的时候多，念书的时候少。我们班上考甲等第一的叫李玉和，年年都是第一。他比我大五六岁，好像已经很成熟了，死记硬背，刻苦努力，天天皱着眉头，不见笑容，也不同我们打闹。我从来就是少无大志，一点也不想争那个状元。但是我对我这一位老学长并无敬意，还有点瞧不起的意思，觉得他是非我族类。

我虽然对正课不感兴趣，但是也有我非常感兴趣的东西，那就是看小说。我叔父是古板人，把小说叫做“闲书”，闲书是不许我看的。在家里的时候，我书桌下面有一个盛白面的大缸，上面盖着一个用高粱秆编成的“盖垫”(济南话)。我坐在桌旁，桌上摆着《四书》，我看的却是《彭公案》、《济公传》、《西游记》、《三国演义》等等旧小说。《红楼梦》大概太深，我看不懂其中的奥妙，黛玉整天价哭哭啼啼，为我所不喜，因此看不下去。其余的书都是看得津津有味。冷不防叔父走了进来，我就连忙掀起盖垫，把闲书往里一丢，嘴巴里念起“子曰”、“诗云”来。

到了学校里，用不着防备什么，一放学，就是我的天下。我往往躲到假山背后，或者一个盖房子的工地上，拿出闲书，狼吞虎咽似的大看起来。常常是忘记了时间，忘记了吃饭，有时候到了天黑，才摸回家去。我对小说中的绿林好汉非常熟悉，他们的姓名背得滚瓜烂熟，连他们用的兵器也如数家珍，比教科书熟悉多了，自己当然也希望成为那样的英雄。有一回，一个小朋友告诉我，把右手五个指头往大米缸里猛戳，一而再，再而三，一直到几百次，上千次。练上一段时间以后，再换上沙粒，用手猛戳，最终可以练成铁砂掌，五指一戳，能够戳断树木。我颇想有一个铁砂掌，信以为真，猛练起来，结果把指头戳破了，鲜血直流。知道自己与铁砂掌无缘，遂停止不练。

学习英文，也是从这个小学开始的。当时对我来说，外语是一种非常神奇的东西。我认为，方块字是天经地义，不用方块字，只弯弯曲曲像蚯蚓爬过的痕迹一样，居然能发出音来，还能有意思，简直是不可思议。越是神秘的东西，便越有吸引力。英文对于我就有极大的吸引力。我万没有想到望之如海市蜃楼般的可望而不可即的东西竟然唾手可得了。我现在已经记不清楚，学习的机会是怎么来的。大概是有一位教员会一点英文，他答应晚上教一点，可能还要收点学费。总之，一个业余英文学习班很快就组成了，参加的大概有十几个孩子。究竟学了多久，我已经记不清楚，时候好像不太长，学的东西也不太多，二十六个字母以后，学了一些单词。我当时有一个非常伤脑筋的问题：为什么“是”和“有”，算是动词，它们一点也不动嘛？当时老师答不上来；到了中学，英文老师也答不上来。当年用“动词”来译英文的 verb 的人，大概不会想到他这个译名惹下的祸根吧。

每次回忆学习英文的情景时，我眼前总有一团零乱的花影，是绛紫色的芍药花。原来在校长办公室前的院子里有几个花畦，春天一到，芍药盛开，都是绛紫色的花朵。白天走过那里，紫花绿叶，极为分明。到了晚上，英文课结束后，再走过那个院子，紫花与绿花化成一个颜色，朦朦胧胧的一堆一团，因为有白天的印象，所以还知道它们的颜色。但夜晚眼前却只能看到花影，鼻子似乎有点花香而已。这一幅情景伴随了我一生，只要是一想起学习英文，这一幅美妙无比的情景就浮现到眼前来，带给我无量的幸福与快乐。

然而时光像流水一般飞逝，转瞬三年已过：我小学该毕业了，我要告别这一个美丽的校园了。我十三岁那一年，考上了城里的正谊中学。我本来是想考鼎鼎大名的第一中学的。但是我左衡量，右衡量，总觉得自己这一块料分量不够，还是考与“烂育英”齐名的“破正谊”吧。我上面说到我幼无大志，这又是一个证明。正谊虽“破”，风景却美。背靠大明湖，万顷苇绿，十里荷香，不啻人间乐园。然而到了这里，我算是已经越过了童年，不管正谊的学习生活多么美妙，我也只好搁笔，且听下回分解了。

综观我的童年，从一片灰黄开始，到了正谊算是到达了一片浓绿的境界——我进步了。但这只是从表面上来看，从生活的内容上来看，依然是一片灰黄。即使到了济南，我的生活也难找出什么有声有色的东西。我从来没有什么玩具，自己把细铁条弄成一个圈，再弄个钩一推，就能跑起来，自己就非常高兴了。贫困、单调、死板、固执，是我当时生活的写照。接受外面信息，仅凭五官。什么电视机、收录机，连影都没有。我小时连电影也没有看过，其余概可想见了。

今天的儿童有福了。他们有多少花样翻新的玩具呀！他们有多少儿童乐园、儿童活动中心呀！他们饿了吃面包，渴了喝这可乐、那可乐，还有牛奶、冰激凌。电影看厌了，看电视。广播听厌了，听收录机。信息从天空、海外，越过高山大川，纷纷蜂拥而来。他们才真是“儿童不出门，便知天下事”。可是他们偏偏不知道旧社会。就拿我来说，如果不认真回忆，我对旧社会的情景也逐渐淡漠，有时竟淡如云烟了。

今天我把自己的童年尽可能真实地描绘出来，不管还多么不全面，不管怎样挂一漏万，也不管我的笔墨多么拙笨，就是上面写出来的那些，我们今天的儿童读了，不是也可以从中得到一点启发，从中悟出一些有用的东西来吗？

感情化了的电视机

[日] 星新一

“这就是我所发明的具有划时代意义的最新式电视机。跟这个比起来，以往的那些电视机全都成了过时的破烂货了。”F先生得意洋洋地向大家介绍着。

房间里挤满了参观的人，这当中有各个公司的经理和董事长，还有新闻记者等。其中有一个人问道：“看上去好像和普通的彩色电视机差不多，究竟它有什么优越性呀？”

“其优越性是显而易见的，它采用的电子技术、生理学、心理学、医学以及药物学等各种学科的最新成果，可以说是当代科学技术的结晶体。如果用这种电视机收看节目，观众将会对屏幕上出现的东西产生强烈的共鸣。我就是根据这个基本思想发明的这种电视机。”

“请别吹得神乎其神，还是早一点让我们了解这种电视机的性能吧。”

“当然可以，我正是为此而请诸位光临的。”

F博士拿出许多类似手表的东西来，一一分给前来参观的人，并叫大家戴在手腕上。

“这是什么东西呀？”人们不约而同地问道。

“在这里面装有各种药剂。而且，根据装在电视机上的这根天线所发出的电波的不同，这些药剂会分别按照指示从微孔中出来，渗入手腕上的静脉之中。”

“是注射器吗？”

有的参观者脸上现出了对打针感到害怕的神情。于是，F博士便解释道：“不，请放心好了，绝不会疼的。其作用是在播放喜剧节目时，把某种催笑药渗入人体，使正在收看电视的观众乐不可支，捧腹大笑起来。”

“可是，借助于药物引起的笑声一定是不太令人愉快的吧。”

“不，不会的。不管是人工催笑法还是其他什么笑法，只要是笑，都能给人以轻松愉快的感觉。并且，在观看悲剧节目的时候，它将会使人更加伤心，以致泪流满面，痛不欲生。由于这种新式电视机的作用，将使观众的感情增强两倍到四倍。”

“难道真的会这样吗？”

“要是不相信的话那就请当场试验吧。常言道，百闻不如一见。”

F博士说着就打开了那台新式电视机的开关。电视里正在播放电视剧。与此同时，和剧情发展相一致的指示性电波从那根天线上发射出来，分别进入了每个人手腕上的那只特殊“手表”。

于是，那些能够促使喜怒哀乐等各种感情强化的药剂便有条不紊地渗入了体内。当然，指示电波要比剧情发展先走一步，因为从渗入体内到产生药效是要经过一段时间的。

果然，观众们都被电视剧吸引住了。看到悲伤的场面时，大家都沉浸在悲哀之中，情不自禁地流出了眼泪。这些特殊装置的作用还不仅仅在感情方面，当屏幕上出现鲜花的时候，药剂就会及时地对嗅觉神经进行刺激，从而使人嗅到阵阵芳香；而当剧中人在就餐时，观众也产生饱餐一顿的感觉；当电视剧中的主人公遭到人家殴打时，观众们的身上竟隐隐作痛；而当屏幕上出现恋爱场面时，观众的心随之跳动加快。电视剧已经播送完了，大家还在依依不舍地回味刚才那种奇妙的身临其境的感觉。

人们都非常佩服地对主人说道：“真是妙不可言。我们都为你这个伟大的发明而感到自豪。可是，这种对你佩服的心情可能也是由于某种药剂的作用吧。”

“没有那回事。借助于药物的力量来赢得人家的尊敬之类的事我是不屑一顾的。”F博士得意洋洋地笑着回答。

有一位参观者问道：“那么，在进行实况转播的时候将会产生什么感觉呢？”

“当然，这不可能和观看电影以及电视剧时的感觉完全一样。可是，在收看体育比赛实况转播节目的时候，观众就会如同亲临比赛场地一般，情绪极为兴奋。”

“确实有道理。”

“将来也许可以使这种装置进一步微型化，把它做成胶囊的形状埋入人体内部，用指示电波来控制其药剂的注射量。哦，还要补充说明一下，因为本装置每天会注射两次中和药剂，因此绝对不会对人体产生任何副作用的，请诸位放心。”

“确实如此……”

参观者们对此感叹不已。

不久，这种新式电视机便开始大量生产了。在得到观众们的一致好评之后，很快便在整个社会上普及了。这种新式电视机所产生的极其强烈的身临其境的奇妙感觉，是从前那些老式电视机所望尘莫及的。

观众们可以和剧中人一起痛哭、欢笑等。不过，理所当然的是，当剧中人死去的时候观众们是不会跟着去死的。只不过在这个时候大家都感到心里很悲伤罢了。

可是，有一天发生了一件出人意外的事情。电视台的线路出了毛病，因此，控制药剂的指示电波和电视节目内容之间的同步关系被打乱了。

屏幕上正在演出喜剧。按照正常情况，观众们应该在药剂的作用下捧腹大笑的。可是现在每个人都捂着胸口伤心地哭了起来。有的人同情地说道：“哎呀，怎么会踩着香蕉皮滑一跤的呀，这个人多么可怜呀，快救救他！”

此时，电视里出现了失恋的场面，大家莫名其妙地闻到了一股什么东西烧焦的糊臭味，并且还觉到自己的脚被什么东西敲打得痛不可耐。

在播放反映灾区难民情况的纪录片时，电视台的故障还没有排除，因此观众们都捧着肚皮笑得前仰后合，几乎连气都要喘不过来了。

“这有什么值得可怜的呀。太可笑了，实在是太可笑了……”

所有的一切都陷入了混乱之中。不一会儿，电视节目中断了。电视台的负责人出现在屏幕上，他向观众们表示歉意：“亲爱的观众们，非常抱歉。电视台发生了故障，目前正在全力以赴进行抢修，争取尽快恢复正常。”

正在这个时候，加强愤怒情绪的药剂注射进了观众们的体内，并且，由于指示电波被中断了，所以这种催怒剂的药效将维持很长一段时间。

“简直不像话。电视台的这个家伙可恶透顶，态度居然如此恶劣，真是岂有此理。”

所有的电视观众都变得怒不可遏，拍着桌子破口大骂起来。然而，片刻之后屏幕上的人像便消失了。于是，观众们就直接向电视台发泄自己的怒火。

人们冲出了家门，成群结队地闯进电视台，把所有的仪器设备都砸碎得粉碎。

也许是因为这场骚乱的缘故吧，指示电波突然变换了频率。于是，催怒药便消失了，取而代之的是使人感到心情舒畅、心旷神怡的另一种药剂。

大家都异口同声地叫了起来：“啊，多么令人愉快呀！”

捕象之道

张治国

您如何捕猎大象……数学家们远征非洲，摈弃所有并非大象的飞禽走兽，在余下的动物中任意捕捉一只，这一战利品自然就非大象莫属。经验丰富的数学家们将在求解问题之初试图证明至少存在唯一一只大象，作为前导性练习。数学教授则只证明至少存在唯一一只大象，而将寻找和捕捉一只大象的任务作为一道习题留给他们的研究生。

物理学家们捕猎大象的方式是将大象处理成一个不稳定的W—Z粒子，并耗费大笔钱财建造一个庞大的粒子加速器，企图在河马与犀牛发生碰撞时发现大象。

计算机科学家们通过执行如下算法A捕猎大象：

1、去非洲。

2、从好望角开始。

3、向北有序前进，交替地东西横贯非洲大陆。

4、在每一趟跋山涉水的横跨非洲大陆的行动中：

a、捕捉每一动物并仔细查看。

b、将捕到的每一动物与一已知大象比较。

c、发现两相匹配即告停止。

富于经验的计算机程序设计人员将通过在开罗预先放置一只已知的大象修改算法A，以确保算法具备终止条件。汇编语言程序设计人员偏爱用赤膊上阵的方式来执行算法A。

工程师们捕猎大象的依据是动物的体重：在非洲随意地捕捉灰色动物，若其体重与一已知大象的体重相差在正负百分之十五之间，即认为所获动物为大象。

经济学家们不捕猎大象，但他们坚信只要付给大象丰厚的报酬，大象将相互捕猎其同类。

统计学家们的捕象要诀是捕捉他们首次发现的与他们见过N次并被称为大象的动物相似的动物。

顾问们不捕猎大象，且他们中的许多人从来就不捕猎任何东西。但只要计时付酬，他们乐意为捕猎大象的人们提供咨询服务。如果说其他人仅能识别大象的话，研究行为科学的顾问们却能辨析帽子的尺寸及子弹的颜色与捕象策略的效率之间的相互关系。

政客们不捕猎大象，但他们将与投票支持他们的人们分享您所捕获的大象。

律师们不捕猎大象，但他们将跟踪兽群，并辩论粪便之主是何种动物。

负责工程研究和开发的副总裁试图努力捕猎大象，但其职员则千方百计从中作梗。当副总裁确实开始着手捕猎大象时，职员们就开始疲于奔命地确保所有可能是大象的动物在副总裁看到它们之前都已成为笼中之物。万一副总裁真的发现了一只漏网的大象，职员们的对策便是：

（1）奉承副总裁目光敏锐；

（2）谨慎从事，以防类似事件再次发生。

资深经理们基于大象如同地鼠般众多的假设制定周密完备的捕象方针，但宣布时的语调却不那么理直气壮。

质检员们并不关心大象，他们只是搭乘其他猎手们的吉普车，在旁品头论足地对猎手们挑刺。

推销员们不捕猎大象，但他们整日兜售尚未捕获的大象，以便在狩猎开始前两天定下买主。软件推销员将逮住的第一只动物运交买主，并想当然地开出一张大象的销售发票。硬件推销员则逮住兔子并将其装饰成银灰色，然后作为玩具大象销售。

买卖人的归来

[美] 海明威

他们是在夜间过海而来的，海上吹的是强劲的西北风。太阳升起以后，他见到了一艘从海湾里南下的油船，寒气凛冽，阳光当头一照，那油轮看去白晃晃的当空直立，真像大海上耸起了一座高楼。他对那黑人说："我们到底到了哪儿啦？"

那黑人撑起身来一看。

"迈阿密的西边没有这种景象啊。"

"我们的船不是朝迈阿密的方向开的，这你又不是不知道。"他对那黑人说。

"我的意思不过就是说，在佛罗里达诸基列岛是没有这样的高楼的。"

"我们的行船方向是桑德基。"

"那这会儿也该看见了呀。就是看不见桑德基，美国沿海的暗礁群也应该看见了。"

过了一会儿他才看清那是一艘油船，不是高楼，又过了不到一个钟点，他看见了桑德基的灯塔，直挺挺的，细细的，一身褐色，矗立在海中，一点不差还是在那个老地方。

"在船上掌舵总得有信心，"他对那黑人说。

"我本来倒是信心很足，"那黑人说。"可是走过了这一趟我已经信心缺缺了。"

"你的腿怎么样？"

"老是痛啊。"

“不要紧，”那人说，“只要当心别沾上脏，别让绷带掉了，自会好的。”

现在他就把船朝西开去，打算向沃曼基靠近，到岸边的红树丛中去躲过一个白天，什么人也别见，就在这儿等着，到时候该会有船来接他们的。

“你会好的，”他对那黑人说。

“谁知道哇，”那黑人说，“痛得可厉害了。”

“到了家我会好好替你治的，”他对他说，“你的枪伤不算重。别担心。”

“我挨了枪了，”那黑人说，“以前我可从来没有挨过枪。反正挨了枪就是倒了霉了。”

“你是吃了点惊吓罢了。”

“什么话呢。我挨了枪了。痛得可厉害了。一阵阵抽痛，整整痛了一夜。”

那黑人一直不断这样叽咕，他总忍不住想要解开绷带来看看伤口。

“别去动，”掌舵的那人对他说。黑人躺在舵手舱里的地板上，四下到处堆着一麻袋一麻袋的啤酒，就像一只只火腿。他是在麻袋堆里腾出个地方来躺下的。他只要一动，麻袋里就会响起破瓶碎玻璃的声音，流出的酒酒气四溢。这酒也流得满处都是。船现在是直向沃曼基驶去了。沃曼基如今已经可以看得清清楚楚了。

“我痛啊，”黑人说，“痛得愈来愈厉害了。”

“我也很为你难过，韦斯利，”那人说，“可是我得掌舵。”

“你待个人还不如待条狗好呢，”黑人说。他渐渐没有好声气了，不过那人还是很为他难过。

“我会想法照应你的，韦斯利，”他说。“你现在还是安静点儿躺着。”

“你根本不管人家是死是活，”黑人说，“你简直没有一点人性。”

“我会好好替你治的，”那人说。“你还是安静点儿躺着吧。”

“你是治不好我的了，”黑人说。那个叫哈利的人这时不言语了，因为他喜欢这个黑人，可眼下除了给他补一枪以外，实在没有一点办法可想，他下不了这个手啊。那黑人只顾说他的。

“他们一开枪，我们就赶快停下，不是挺好的吗？”

那人没答腔。

“难道一个人的性命，还不如一船酒值钱？”

那人只顾专心掌他的舵。

“我们只要赶紧停下，让他们把酒拿去，不就行了吗。”

“不行，”那人说。“酒和船没收了不算，人还得要坐班房。”

“坐班房我不怕，”那黑人说。“我就是不愿意挨枪子儿。”

他渐渐吵得那人有点心烦了，那人不想再听他说下去了。

“到底谁的枪伤厉害？”他问他。“是你伤得厉害，还是我伤得厉害？”

“伤是你的厉害，”那黑人说。“可我以前从来没有挨过枪啊。我真没想到会挨枪子儿。我不是给雇来挨枪子儿的。我也不愿意去挨枪子儿。”

“不要激动嘛，韦斯利，”那人对他说。“这种话说得再多也帮不了你的忙。”

这时他们已经快到沃曼基了。船已经进了岛外的暗礁群，他把船开进航道时，水面上一派阳光，照耀得东西都很难看清。那黑人八成儿是精神错乱了，要不就是因为受了伤，所以就虔诚地祈求起上帝来了，总之他的嘴里一直叨叨个不停。

“他们为什么现在还要贩私酒呢？”他说。“禁酒法已经废止了嘛。他们为什么还是非要干这样的买卖不可呢？他们为什么不就用渡船把酒运进来呢？”

掌舵的那人却目不转睛地瞅着航道。

“大家为什么不老老实实地做个正派人，正正派派地干个老实营生呢？”

尽管太阳耀眼，看不清岸上，那人还是看得出哪儿有来自岸边的平静的涟漪，他就把船转了个向。他是单臂转动舵轮，把这个弯拐过来的，这一下航道就开阔了，于是他就把船缓缓靠到红树丛的边上。他打起了倒车，把两个离合器都脱开了。

“下锚我抛下一只还可以，”他说。“可是要起锚我就没法起了。”

“我是根本就动弹不得了。”黑人说。

“看你这光景确实是够呛的。”那人对他说。

他在十分艰苦的情况下，把小锚搬出来，再提起投下，不过锚好歹算是抛下了。他放出了好长一段锚缆，船马上打了个转，撞到了红树丛上，树枝都直戳到舵手舱里。他于是就又下了甲板，回到舵手舱。心想：没错儿，舵手舱里果然弄得一塌糊涂。

昨天晚上他替黑人包扎了伤口，黑人也给他的胳膊上了绷带，弄好以后他就一直在那里看着罗盘把舵，整整一夜没有停过，到天亮时，只见黑人就躺在舵手舱当中的麻袋堆里，可是那时他又要看海上，又要看罗盘，还要寻找桑德基的灯塔，所以对面前的这一摊子始终没有细细看过一眼。如今一看，这个烂摊子！

那黑人抬起了腿，躺在满装啤酒的麻袋堆当中。舵手舱给打了八个弹孔，都裂开了好大的口子。挡风玻璃也打碎了。他不知道有多少货色给打烂了，凡是那黑人的血没有淌到的地方，就准有他自己的血迹。可是根据他此刻的感觉，最叫人受不了的还数那酒瓶。酒瓶简直淹没了一切。如今船虽然静静地停泊在红树丛下，他却依然感觉到脚下似乎有波涛在汹涌，海湾里风高浪大，他们的船昨晚颠簸了整整一夜。

“我去煮一点咖啡，”他对那黑人说。“煮好咖啡我再来照应你。”

“我不想喝咖啡。”

“我可想哩，”那人对他说。可是一到船舱里他就感到头发晕，因此又来到了甲板上。

“算了，就不喝咖啡了，”他说。

“我要喝点水。”

“好。”

他从一个水壶里倒了一杯水给黑人。

“他们都开了枪了，你为什么还要一个劲儿逃呢？”

“他们干吗要开枪呢？”那人答道。

“我得找个医生看看。”那黑人对他说。

“医生能够做的我还有什么没有替你做到呢？”

“医生能治好我的伤。”

“等今儿晚上接应的船来了，你就有医生了。”

“我可不想就这样一直等到船来。”

“好吧，”那人说，“那我们先来把这些酒处理掉吧。”

他就把酒往水里扔，可是其他单手独臂那是够艰巨的。一袋啤酒虽说只有四十来磅重，可是他扔了才不多几袋，就又感到头晕了。他在舵手舱里坐下，后来干脆躺下了。

“你这是自己不要命了。”那黑人说。

那人头枕着麻袋，不做一声地躺在舵手舱里。

舵手舱里有红树的枝丫伸进来，把影子洒在他身上。他听得见树梢顶上的风声，抬眼朝高高的寒天望去，看得见那北风推来的淡淡的褐云。

“风这么大，不会有人来了，”他心想，“他们料不到我们会冒着这么大的风出来。”

“你看他们会来吗？”那黑人问。

“会来啊，”那人说，“为什么不来？”

“风太大了。”

“他们就等着我们来呢。”

“这么大的风，哪儿能呢。你何必还要拿假话来哄我呢？”黑人这话几乎是嘴巴直对着麻袋说的。

“不要激动嘛，韦斯利。”那人说。

“老大说得轻巧，不要激动，”黑人又接下去说。“不要激动。什么事不要激动？死得这么惨还不要激动？我还有条命在这儿，你来呀。来把我往船外扔呀。”

“不要激动嘛。”那人还是和和气气地说。

“他们不会来了，”黑人说，“我知道他们不会来了。我冷你难道不知道？你难道不知道，这又痛又冷的，我实在受不了啦。”

那人坐起身来，只感觉到心窝儿里像掏空了，坐也坐不稳。黑人目不转睛地看他晃荡着右臂，拿一个膝头抵着地往上挺了挺，左手抓住右臂下吊着的手，把它给按在两个膝头的中间，然后扶住船舷边上钉着的木板，使劲地站起身来。他站在那儿，望着黑人，右手依然夹在两条大腿中间，心里在想：什么叫做痛，他这才算真正尝到滋味了。

“我只要硬是挺住，不去想它，倒也不是痛得那么厉害了，”他说。

“我给你用吊带绑起来吧，”黑人说。

“我这胳膊肘儿弯不过来了，”那人说。“就那样直僵僵的动不得了。”

“我们怎么办呢？”

“扔酒啊，”那人对他说。“手够得到的，就提起来往船外扔，你不能来一下吗，韦斯利？”

那黑人刚挪了挪身子，想去抓住一个麻袋，却又哼了一声，重新躺了下去。

“你痛得那么厉害，韦斯利？”

“哎呀，天哪。”那黑人说。

“一动反倒不是痛得那么厉害了，你就没有这种感觉？”

“我挨了枪了，”那黑人说，“我不能动了。我挨了枪老大还要我去扔酒。”

“不要激动嘛。”

“你再说一句不要激动我可要发疯啦。”

“不要激动嘛，”那人还是口气平静地说。

黑人吼叫一声，手在甲板上一阵乱摸，在舱口围板下摸到了那块磨刀石，便抓了起来。

“我要杀了你，”他说。“我要挖出你的心肝。”

“就凭这么块磨刀石你能挖？”那人说，“不要激动嘛，韦斯利。”

黑人脸贴着麻袋哇哇直哭。那人依旧慢慢地提起一麻袋一麻袋的啤酒，往船外扔去。

正在这样把酒往船外扔时，他听见了一阵引擎声，一看，见有一条船绕过了小岛的端头，正沿着航道在向他们驶来。那条船船身是白色的，舱面室漆成了浅黄色，有挡风玻璃。

“有船来了，”他说，“快来干吧，韦斯利。”

“我动不了。”

“从现在起我可要记你的帐啦，”那人说，“先前的事就不跟你计较了。”

“你去记吧。”那黑人对他说，“我也不是什么都不记在心上的。”

那人还是用他那只好手提起一袋袋啤酒来往船外扔，如今他干得可快了，干得脸上汗水直流，也根本顾不上去看看顺着航道缓缓而来的那条船。

“翻过身去。”他一伸手抓住黑人头下的那个麻袋，手一甩扔到了船外。黑人撑起身来看了看。

“他们来了，”他说。来船的方向几乎就直对着他们船的船舷。

“是威利船长，”黑人说。“船上还有游客。”

那条白船的船梢有两个穿法兰绒、戴白布帽的人坐在钓鱼椅里，在那里钓鱼，另外有个身穿防风茄克衫、头戴毡帽的老头在那里掌舵，船就在酒船所在的这片红树丛跟前开了过去。

“你好啊，哈利？”船过的时候那老头招呼了一声。那个叫哈利的人举起没坏的胳膊挥了挥作为回答。船开了过去，那两个钓鱼人把目光向酒船投来，还对那老头说了些话。哈利听不见他们讲的是什么。

“他开到口子上要掉过船头开回来的，”哈利对那黑人说。他到船舱里拿来了一条毯子。“我来替你遮起来。”

“是快到你替我裹起来的时候了。可这酒他们不会看不到呀。我们怎么办呢？”

“威利可是个好人，”那人说。“他会去告诉镇上的人我们在这儿。那两个钓鱼的家伙碍不了我们的事。他们何必要来管我们的闲事呢？”

他现在真有些惴惴不安了，他就在驾驶座上坐了下来，把右臂紧紧地夹在两条大腿之间。他的膝头在发抖，这一抖，便感觉到上臂的骨头断处擦得嘎嘎有声。他就把两个膝头分开，拉出那条手臂，由它挂在一旁。就在他这样挂下了手臂坐在那儿时，刚才那条船又顺着原航道回来，从他们跟前经过了。坐在钓鱼椅里的两个人在那里说话。他们已经收起了钓竿，其中一个在用望远镜对他们瞧。隔着这样的距离，他听不出他们在说些什么。就是听得见，他又能怎么样呢？

那条叫“南佛罗里达号”的包租游船，是因为礁区外风浪太大，才到沃曼基的航道里来作钓鱼游的。船上的威利·亚当斯船长当时心里在想：原来哈利昨儿晚上过海来了。这小伙子倒真有胆量。那阵狂风他肯定碰上了。论船，他那一条倒是经得起海上风浪的。可你说他的挡风玻璃怎么会打碎了呢？换了我我才不会在昨儿那样的晚上过海呢。我才不会到古巴去贩运私酒呢。酒现在都从马里埃尔运来了！进进出出，自在得很。大概那里是根本不查不禁的吧。“你说什么，老板？”

“那条船是条什么船？”坐在钓鱼椅里的两个人中有一个问。

“那条船？”

“是啊，那条船。”

“喔，那是一条基韦斯特的船。”

“我问你的是，船是谁的？”

“这我也不知道啊，老板。”

“船主是个打鱼人吗？”

“这个嘛，有人说他是。”

“什么意思？”

“他什么行业都干一点。”

“你不知道他姓什么吗？”

“不知道。”

“你不是叫他哈利吗？”

“我没呀。”

“我明明听见你叫他哈利。”

威利·亚当斯船长对跟他说话的这个人仔细看了一眼。此人高高颧骨，薄薄嘴唇，脸儿有点胖鼓鼓的，灰眼睛眶得好深，嘴角带着轻蔑的表情，帆布帽下射出两道目光正瞅着他。威利·亚当斯船长哪里会知道，正是此人，在华盛顿许许多多女人的眼里可是个招人心爱的美男子哩。

“那一定是我乱叫的。”威利船长说。

“你看看吧，那个人身上有伤，博士。”那另一个人说着，把望远镜递给了同伴。

“我不用望远镜就看得出来，”被称为博士的那个人说，“这个人是谁？”

“我也不知道。”威利船长说。

“哼，会让你知道的，”嘴角带着轻蔑表情的那个人说。“把船头的号码抄下来。”

“我抄下了，博士。”

“我们过去看看，”博士说。

“你这位博士是做医生的？”威利船长问。

“不是做医生的。”那个灰眼睛的人对他说。

“如果你不是个医生，那我就不开过去。”

“为什么？”

“他要是需要我们帮忙，他早就招呼我们了。他要是不需要我们帮忙，我们也用不到管他的闲事。我们这里的人都抱定了一个宗旨，就是莫管他人的闲事。”

“好吧。你不管你就甭管好了。那就把我们送到那条船上去吧。”

威利船长还是把船继续顺着航道驶去，那台双缸帕尔默老是不停地噗噗乱响。

“你没听见我的话吗？”

“听见了。”

“那你为什么不服从我的命令？”

“你到底算是什么人，这样神气活现？”威利船长问。

“是什么人这没关系。我让你怎么干你就怎么干。”

“你到底算是什么人？”威利船长又问。

“好吧。可以告诉你，我是当今美国三个最重要的人物之一。”

“那你又到基韦斯特干什么来了？”

那另一个家伙探出了身子。“他就是×××，”他煞有介事地说。

“我可从没听说过这么个人。”威利船长说。

“哼，我会让你听说的，”那个叫博士的人说。“我会让你们镇上人人都听说的——旮旯里小小的破镇一个，就是得连根铲掉我也绝不会手软！”

“你真不简单，”威利船长说，“你怎么会这样重要的？”

“他是×××最亲密的朋友、最亲信的顾问。”那另一个家伙说。

“胡扯，”威利船长说。“他要真是这么个人，又到基韦斯特干什么来了？”

“他是来这儿休养的，”那个秘书说。“他就要出任××××了。”

“别说了，哈里斯，”那个叫博士的人说。“那就请你送我们到那条船上去好不好？”他做出了笑脸说，他的笑脸就是专为这样的场合用的。

“不行。”

“听着，你这个吃打鱼饭的白痴。小心我叫你吃不了兜着走……”

“好啊。”威利船长说。

“你还不知道我是谁呢。”

“这对我来说都一样，”威利船长说。“你还不知道你这是在哪儿呢。”

“那个人是个私酒贩子吧？”

“你看呢？”

“拿住了他说不定还有笔赏金可得呢。”

“我看不一定。”

“他犯了法。”

“他有一家大小，他得养家活口。我们这儿基韦斯特的人替政府干活，一个星期才挣六块半钱，请问你们吃掉的又是谁的血汗？”

“他身上有伤。这说明有人在追捕他。”

“就不能是他闹着玩儿，自己打了自己一枪？”

“这种挖苦话你给我少说。快到那条船上去是正经，让我们把他连人带船一起扣下。”

“扣下来带到哪儿去？”

“基韦斯特。”

“你是当官的？”

“我不是告诉过你他是谁了吗。”那秘书说。

“好吧。”威利船长说。他使劲推动舵轮把手打了个转，把船一拐弯，驶到航道的极边上，螺旋桨连沉泥都打了上来，飞溅起一大片。

他的船这就带着一片嘎嘎声，紧靠航道边向停泊在红树丛下的那另一条船开去。

“你船上有枪没有？”那个叫博士的人问威利船长。

“没有。”

那两个穿法兰绒的人这时已经站了起来，正盯住了酒船在那里看。

“这比钓鱼要有趣吧，博士？”那秘书说。

“钓鱼没意思，”博士说。“捕到了一条破鱼又能怎么样呢？吃又不能吃。不比这事，那才真叫有意思。能有机会亲身碰到也算我有幸。那人已经受了伤，逃不掉了。海上风浪大得很。他这号船肯定经不起。”

“你这真叫只身擒贼了。”秘书以艳羡的口气说。

“还是赤手空拳呢。”博士说。

“不像联邦调查局的密探就老是胡来。”秘书说。

“埃德加·胡佛搞的宣传都是言过其实，”博士说，“我觉得我们对他恐怕也已经放任得够了。”说到这里他命令威利船长，“并排靠上去。”

威利船长却脱开了离合器，船就随水漂流了。

“嗨，”威利船长向那条船上喊道，“千万不要抬头啊。”

“怎么回事？”博士生气地说。

“你给我闭嘴，”威利船长说。“嗨，”他又向那条船上喊起来。“听着！只管到镇上去，用不到担心。船就不用管了。让他们弄去好了。把货扔掉了，到镇上去。我这船上有个家伙，是华盛顿来的，八成儿是个眼线。不是密探，只是个眼线。是官府什么机构的一个头头。他自己说是比总统还要重要。他要跟你过不去。他说你是个贩私酒的。他抄下了你船的号码。我从来没有见过你，所以不知道你是谁。要我认我也认不出你……”

船漂了开去。威利船长却只管他接着喊：“我不知道遇见你的这个地方是哪儿。要我再来一趟我也认不得路。”

“明白。”酒船上也喊过来一声。

“我还要带这个官府的大人物去钓鱼，不到天黑不回。”威利船长喊道。

“明白。”

“他爱钓鱼。”威利船长只顾嚷嚷，把嗓子都快喊破了。

“可这个王八蛋倒说钓到了鱼不能吃。”

“多谢大哥，”传来了哈利的声音。

“那个家伙是你的兄弟？”博士问道。他虽然脸涨得通红，爱打听的脾气却依然不改。

“不是，”威利船长说，“船上人隔船相喊通常都叫大哥的。”

“我们到基韦斯特去吧。”博士说，不过听他的口气已经信心不足了。

“不行啊，”威利船长说，“两位包我的船说好是包一天的。我拿你们多少钱就得干多少事。你尽管骂我白痴，可我这船还是要给你包足一天。”

“这家伙是个老头了。”博士对他的秘书说，“我们要不要跟他来硬的？”

“我劝你别来这一套，”威利船长说。“小心我拿这个给你劈头一家伙。”

他冲他们亮了亮打鲨鱼用的一节铁管。

“两位干吗不把钓线放出去，乐得玩它个痛快呢？你先生可不是来寻烦恼的。你是来休养的。你说旗鱼不能吃，可你在这种水面不宽的地方哪里钓得到旗鱼呢。能钓到一条石斑鱼已经算是走运了。”

“你看怎么办？”博士问。

“还是由他去吧。”秘书的眼睛对着铁管直瞅。

“你的话还有一点说得不对，”威利船长又继续往下说。

“其实旗鱼的味道就跟马鲛鱼一样好吃。往年我们都卖给里奥斯公司销到哈瓦那去，卖价跟马鲛鱼一样，一磅可以卖到一毛。”

“哎，你就罗嗦吧，”博士说。

“我还以为你既是官府的人，对这些事情总该会感到关心吧。这些个吃的东西，涨价跌价可不是跟你们还有些牵连什么的？不是吗？你们就专搞抬高价格什么的。把粮价抬高，把肉价压低。鱼价嘛，倒向来是一个劲儿往下跌的。”

“你少罗嗦，”博士说。

酒船上，哈利把最后一袋酒扔下了水。

“把鱼刀拿来。”他对那黑人说。

“鱼刀没有啦。”

哈利一按自动起动器，把引擎发动了起来。他找到了轻便斧，用左手拿着，一斧头砍下去，把锚缆斩断了。他心想：沉水里去就沉水里去吧，回头来捞酒的时候，抓钩会抓得到的。我把船开到加里森湾去，他们要弄走就让他们弄走吧。我得去找个医生。我可不愿意连胳膊带船一起丢。这一船酒的所值也抵得上船本身了。酒其实并没有打碎很多。碎了几瓶，就酒气冲天了。

他推上了左侧的离合器，船离开了红树丛，随着潮水转过头来。引擎运转得很平稳。威利船长的船如今正朝着格兰德河口的方向驶去，已经驶出两英里远了。哈利心想：现在潮涨了，估计过礁湖没问题了。他推上了右边的离合器，加大了油门，引擎立刻轰鸣起来。只觉得船头往上一翘，那还青的红树就飞快地从旁边一掠而过，树根下的海水仿佛一下子都给船吸了去。他心里在想：但愿这船别让他们弄走。但愿我的胳膊还能治好。在马里埃尔来来去去畅行无阻已经六个月了，怎么想得到现在会忽然对我们开枪呢？古巴人就是这样。某某人给某某人的钱不给了，结果害得我们就挨了枪。对，古巴人就是这样的。

“嗨，韦斯利，”他说着回头对舵手舱里边望了一眼，那黑人还蒙着毯子躺在那儿呢。“你这会儿觉得怎么样了，小黑子？”

"乖乖，"韦斯利说。"再难受也没有了。"

"回头老医生给你检查的时候，你还有得更难受呢，"哈利对他说。

"你简直不是人，"那黑人说。"没有一点人的感情。"

哈利心里却在想：那老威利可真是个好人。要论起好人来，那老威利真算得上一个。当时我们实在应该一起赶到，不应该等在那儿。等在那儿是失算了。我当时浑身无力，头晕得厉害，脑袋瓜儿都不听使唤了。

如今前方望得见那白色的贝壳大旅馆了，望得见无线电天线杆和城里的建筑了。他还望见了特朗博码头的汽车轮渡，他要绕过这个码头，向北去加里森湾。他想：那老威利真有意思。骂得他们够呛。那两个狗东西不知道是什么人？哎呀，我这会儿真觉得难受死了。头晕得厉害。我们当时要是一起赶到这儿就对了。要是不等在那儿就对了。

"哈利先生，"那黑人说，"真对不起，我没有能帮着你把货往水里扔。"

"见你的鬼，"哈利说。"老黑挨了枪子儿就没有一个是有屁用的。你这个老黑还算是不错的呢，韦斯利。"

引擎在轰鸣，船在破浪急驶，哗哗之声响成一片，但是他更听见自己心中似乎有一个陌生而空洞的嗡嗡声。他出外跑了一趟回得家来，总会感到心中有这样一种声音。他想：但愿我这条胳膊能够治好。我还很需要这条胳膊使使哩。

春，在巴黎

梅苑

二月底，一连下了几天大雪，到处都是一片白茫茫，行人道上的雪被来往的鞋印“压”成了冰。但突然在一夜之间，雪完全融化了，冰也变成了污水，流入下水道。

云层里的太阳笑吟吟地伸出头来，塞纳河畔的风也牵来一丝儿暖意。春天，就这样突然间降临到了巴黎。

同样是突然间，有一天我骤觉到巴黎是这样地可爱，如同一位蓬头垢面的美人。但我们要有一双慧眼，一个宽大的艺术家胸怀，一份耐心，一份闲情，我们才能够窥视到这位美人的姿色。

巴黎是属于艺术家的。

巴黎如同一个汪洋大海，能够容纳一切合轨和出轨的思想和行动。所以，如果你有一份艺术家的创造力，如果你生命中的基本原则绝不会被任何外界事物所影响，那么，你真幸运，你将如同一只展翅高飞的海鸥，能够在这个大海中任意翱翔。

如果你没有一丁点儿艺术细胞，同时你的生命中又缺少一个基本原则，你的思想又随时会受到外界事物的影响，那么，巴黎就会不属于你。因为这个汪洋大海有太多的风浪，而一些只能够随波逐流的人，往往很难逃脱被大海吞没的命运。

所以，巴黎是属于艺术家的。正如同巴黎人说：春天是属于巴黎的。

春天真是属于巴黎吗?

最先染上春色的是妇女们的新装。其次是公园的草地上萌出的各色小花。还有光秃秃的树枝上缀满了青翠的嫩叶，还有那些先开了一树的小黄花，然后才长出叶子的小树。还有那些鸽子、麻雀又连群结队地在头顶上飞舞，如同仙女散花。接着，咖啡店门前的露天座位又开始高朋满座。冷清清的公园又成为情侣的约会所。法国人很懂得生活的艺术，无论他们怎么忙，总会留下一段空间来享受生命。他们这点生活艺术深获我心。以前，朋友们常常笑我是忙碌命，而我也真是深恐浪费时光。所以，我常常没有星期天，有时，甚至把一天时间当做两天用。有一回，一位朋友对我说："像你这样天天忙忙碌碌，把美好的时光全部花费在工作上，连星期天也不例外，这样的生活究竟有什么意思呢？"当时我无言以答，也曾为他的话一度深思，但过后我还是"乐"此不疲。来到欧洲以后，我仍然常常没有星期天，仍然是忙碌命。但有一天，一位瑞士朋友很认真地不许我在星期天工作。他理由充足地说我违抗天主的诫命，因为天主规定星期天为休息日。接着，我被瑞士人那悠闲的星期天深深地吸引。接着，我居然学会了在百忙中保留一段空间来享受生命。来到巴黎以后，我更向往这个生活的艺术。可见人多多少少都会受到周围环境的影响，但受到哪一方面的影响，则全凭个人的判断力和自身的造化。

在这样美好的春天，坐在露天的咖啡座闲赏"风景"，身边伴着一位能够"意在不言中"的朋友，那真是生命中一种惬意的享受。那些过往的行人会给你千百种灵感，千百种领悟，千百种笑料。有时候，你还会飘飘然地感到："众生皆醉我独醒。"当然，你同样成为别人眼中的一景，所以，你尽可能不要得意忘形。有一回，我和一位能够"意在不言中"的好友喝下午茶，我们高坐在咖啡店门前的座位上欣赏风景。当我正在飘飘然地"众生皆醉我独醒"的时候，他突然大杀风景地对我说："你真是与人不同。你喜欢写作、绘画、音乐，你应该是一个艺术家。但不抽烟、不饮酒、不喝咖啡、不喝茶，甚至连我抽烟也皱眉头，还有那一份洁癖，哪里像一个艺术家。不过，话说回来，你那份独来独往的作风，老是不记马路方向、门牌、路名、地下电车站名，甚至你时常要用的电话号码都会忘了，这份又迷糊、又潇洒的劲儿，倒真是一个不折不扣的艺术家——毫无牵挂。"他的话虽然有点刻薄，但我好喜欢他那一句：毫无牵挂。

我真的毫无牵挂吗？

我原有许多的牵挂，因为我有一份恋旧的感情，对许多事情我拿不起，也放不下。有一天，我为了忠于自己，毅然越出了轨道，于是，我整个外在的世界被改变了。我突然间发觉：十多年来我细心经营的成果，真心灌溉的友谊，只由于一个越轨的行动，几乎全部化为乌有。原来我被别人认可的，不是由于我自己，或者我实在的才能，而是我一向照着别人的标准而活，从来不越轨，我突然间发觉：原来在失意中要求别人的了解，要求别人的援手是一件多么困难的事，尽管对方是多年好友，对我多么熟识，曾经多么欣赏我，或者看着我成长。我突然间明白：原来最客气的拒绝，最客气的不信任，就是沉默。他们用沉默拒绝我的请求，用沉默否定了我亲身经历的故事，然后，用他们自己的想象力为我完成一个“通俗合理”的故事，就这样决定了我的罪名。我还能够做什么呢？我不能强迫别人相信我有一颗天使的心，我不能够帮助别人看清事实的真相，我更不能够要求别人同意我的选择，我什么都不能够做，但我已受够了痛苦，我要快快乐乐地活下去，为了达到这个目的，我只好把一切抛开，毫无牵挂。

真的，当有一天，你认定了一个目标 前进，对这个世界毫无别的要求时，你就会突然间觉得：生活原来是这般轻松平常的事，以前真是入世未深，小题大作。如今，对于一切自己想拥有的东西，我再也不坚持：我要。我只是在想：有一天我能够获得吗？如果你要在巴黎活得轻松愉快，你必须有一份豁达的胸怀，来容纳这个大海里的千奇百怪。

一位朋友对我说：“你注意到吗？这个看来脏兮兮、乱七八糟的巴黎，却蕴藏着一种蓬勃的生命力，充溢在巴黎每一个角落。在幽静清雅的高级住宅区，在低级肮脏的贫民区，你都会感觉到有一股蠢蠢欲动的生命力，这是别的城市所没有的。“这就是为什么巴黎不断产生旷世的艺术家，这就是为什么很多人喜欢巴黎，因为巴黎不让你有一分钟感到寂寞。”这是真的，看来，春天果真是属于巴黎，因为春天是一个生命力最旺盛的季节，它能够复活一切被严冬所摧残的植物。

春天，在巴黎，天空是这样地蔚蓝，塞纳河内的水也兴奋得几次溢出了河堤。

但你不要担心这些河水会造成泛滥，它只是让清洁工人忙一忙罢了！

这就是巴黎。

对青年的热望

宋振庭

当代青年的形象

青年，是整个社会议论的中心话题之一。在我国如此，全世界也如此；一辈人如此，几辈人在一起谈话也如此。青年问题在社会学中占据着突出的地位。

二次世界大战给资本主义世界以摧毁性打击，榨取剩余价值的罪恶，及其给人类带来的万恶后果，被各国人民所憎恨；与此同时，世界出现了一批社会主义国家，兴起了社会解放、民族解放、人民民主的新浪潮。到四十年代末，新中国成立，朝气蓬勃。五十年代的青年处在一心向往社会主义、社会解放的革命高潮之中。五十年代的青年是正统的、虔诚的社会主义者，或社会主义的拥护者。他们有理想、守纪律，听党的话，严于律己。

从五十年代末，特别是到了六七十年代，历史发生了奇异性的变化。苏联出了斯大林问题，赫鲁晓夫上台更增加了这个问题的复杂性。社会主义是在实践中，出现坎坷和挫折是不足为奇的，可是国际资本主义抓住这个时机向社会主义、马列主义尽其仇恨和辱骂、丑化、攻击之能事；与此同时，苏联领导集团的霸权主义行为，更为这种攻击帮了大忙，一下子把整个世界带入迷惘的境界。中国本来被世界人民看做是自己的希望和前途所在，不幸的是我们继1958年失误之后，又发生了十年内乱的大失误。此时，正赶上战后国际资本主义的一次大的技术革新，以电子计算机、现代自动传导信息控制及核子能为标志的新的经济起飞发生了。资本主义世界出现了新的繁荣，新的福利主义。

青年是时代的晴雨表，时代的镜子。事实上，中年人、老年人这些社会的当家人办了事，办得好或不好，社会走正了或走偏了轨道，青年人最敏感，总是他们最先以最明朗的方式反映出来。

从六十年代末到今天的当代青年，就是在这样的大环境中重新思考、重新选择、重新评价社会问题及人生道路的。在这种思考、摸索中，一些青年也确实产生了虚无主义、看透一切、怀疑一切的现象；也有一些青年饥不择食，吞进一些劣等的甚至有毒的精神食品。于是就发生了人们所说的当代青年问题。但是，平心静气地想一想：这一切青年自己能负主要责任吗？

依我看，当代青年有前几代青年比不上的许多特点。他们思想比较解放，框框少。他们渴于求知，渴于探索。当然这里边就有吃毒菌的危险，但是由于经过了自己头脑去选择和比较，走完思考的历程，不是坏事是好事。我们时代的思想家、探索家、革新家是会从他们中产生的。他们的技术装备、满足知识胃口的条件（包括引进而接触到的外国的好的东西）远比前几代人要好得多，因此成长快，成熟早，在这一点上也是一代胜过一代。

当然，当代青年也有其自身的缺点。他们缺乏政治和生活经验，辨别是非的能力不强。有些青年人在思考、选择中，甚至和不必怀疑的真理去较量。比如，对马克思主义的一些基本原理，他们也要怀疑一番。也有少数青年轻浮好动，随风飘荡，甚至不知落到什么污秽的港湾里去了。所以，对青年要很好地教育和引导。

对青年问题要正确对待

党和国家、老一辈的革命家对我国青年一直是寄予极大的厚望的。这很容易理解，因为今后几代青年是什么样的，在很大程度上，决定着我们国家的前途和命运。

对当代青年的厚望，并不是一个纯理想和纯愿望的问题，而是一个从当代青年的现实出发，从中找出如何加以引导扶植的路子问题。事实上，像早一些的张志新、新近的张海迪，在这两人的身上，已经可以看出当代青年的整个队伍的身影。青年问题和其他问题不同的一点是青年的可塑性，教育者可以因材施教、因势利导，通过巨大的社会教育和实践，把青年培育成四化的栋梁之材。这里面重要的问题是看我们认识不认识、理解不理解当代青年，对他们的整个估量是不是正确。

应该承认，在青年问题上有两种偏颇现象，这应当引起人们、特别是领导和教育工作者注意。

一种偏颇是摇头、叹气，对青年持悲观看法。这些同志，这些青年的父兄师长，从“十年动乱”的消极后果出发，看到了青年中确实存在的消极现象和一些前所未见的新问题，应该说，他们并非无缘无故地着急和焦虑。但是，着急和焦虑并不一定要悲观。只要深入分析一下就可以看到：第一，当代青年并非铁板一块、都是一个模子制成的，青年中间各种各样的人有的是，先进和后进，英雄人物和犯罪分子都是同时并存的，不能只见树木不见森林，只见一个方面就断定其时代和队伍的全体。第二，五十年代的青年很好，这是事实，我们要发扬那个时代的好传统；但是，经历了“十年动乱”的青年即使有动乱留下的这样那样的问题，也有失之东隅、得之桑榆的一些收获，虽然这些收获说来痛苦得很，花的代价太大，但毕竟是新收获。比如说张志新一类的青年是可以惊天地、泣鬼神的人物，我心悦诚服地承认，我是远不如这些青年的，在探索真理勇气上，我比这些青年差好多。再比如说有些青年，在别人武斗、打派仗时，埋头苦干一种事业，至今已成令人瞩目的人才。所以不能说现在青年“一切不如过去了”。过去有过去的好，今天有今天的好，明天还有明天的好。第三，一时之间的社会风气、社会思潮，自有产生它的社会根源、社会条件，比如实行经济上开放、搞活政策后，一些人失足落水、走向反面，或者本来就是反面的，这一回暴露了出来，这些问题不只是青年中有，壮年、老年中也有，党员干部中不也是有一些人很不像样子吗？所以发生一些问题，不能只是责怪“小青年”。持悲观情绪的同志的最大错处，就在于忘记了自己的责任。朱伯儒、李燕杰同志就不悲观，他们深入到青年中扶正祛邪，乐观地工作，越做越有信心。

另一种偏颇是对青年问题的严重性估量不足，看得太简单，说严重些是掉以轻心，任其自流，不管不问，或者是不敢管，不敢问，怕麻烦，只是讨好他们，迎合他们，不认真地进行规劝和引导。

还有一些人利用青年轻信、好奇的心理，以售其奸，以有害的思潮影响青年，把“一切向钱看”、“人格商品化”的腐朽东西兜售给青年，对这类二道贩子、奸商要警惕，要打击，当然这种人已不属于认识上的偏颇了。

我的交心话

人贵知己，知己必须交心。终日相聚，客客气气，但从不交心，并不算认识，更谈不上是知心朋友和同志。同志的“志”字底下有一个“心”字，人和人的距离是以心的距离来计算的。

我在这篇文章的结尾单写一段交心的话，并没有什么私话，也没有什么秘诀；只是我已经六十多岁了，一生的痛苦、蹉跎太多，我总觉得形之于文，也说不尽我心中的衷曲。比如，当我年轻的时候，我吃过许多亏，这些亏教训过我。老了的时候，如有可能，就告诉后来者，向他们说一句：“小心上当！”当然，这只是愚者千虑之一得。

为了把话说得简捷了当，我把这些交心的话用短语形式写一写，说得不谦虚一点，也算自我杜撰之格言吧：

一、自己看，自己想。书上的话，先生的话，要看、要听，但可悲的是自己无主见，不加分析判断，不管正确与否放开脑子叫人家来跑马。

二、敢爱敢憎，爱憎分明，愈分明愈好。不要做模棱两可的人，虽然这种人活着更保险一些，还可能飞黄腾达、万事亨通。但这是中了西方人的滑头哲学、实用主义和中国人中庸之道的毒。宁死不当这种人。这种人好像优点很多，可是只有一条缺点就够了——这种人对社会没有好处。

三、兴趣要广，精力要专。对人类一切美好的东西，都应该有兴趣，有可能就学一点。学多少，算多少，皮毛点也不可怕，只要有自知之明就行。但在学一样、干一样时，要专心致志，集中全力，不到一定程度决不罢手。广与精有矛盾，又可统一。

四、对知识如干海绵，要残酷地向对象榨取。在学业上我坚信这样的经验——浅尝辄止，一事无成；锲而不舍，金石可断。

五、对生活要热爱。人生的道路宽阔得很，人活着很有意思，何况又是“万物之灵”。生活里充满乐趣。当然，对于自己羡慕的东西要多想一想：值得羡慕吗？如真值得，那不只是羡慕，自己也要做。

六、有雄心、有抱负，但不骄不躁。不要怕别人说长道短，只要认准方向就干下去。但不可任性，不可违反社会公德；那不是雄心，是私心。

七、随时准备赴大义。灾难会有的，祖国和社会，同志和朋友，都可能遭遇灾难。比如敌人来了，或者坏人在干坏事，或者自然灾害，就要勇于赴义，甚至不惜一身性命。

八、朋友要多。但一生中真正的知己也许不多，鲁迅说的“人生得一知己足矣”，很有道理。连祖国和人民、生你养你的土地都不爱的人，不必和他交朋友。

大雁的歌

席慕蓉

“大雁啊！大雁！不是我自己愿意变老的，实在是这时光无止尽地循环，让我不得不老去的啊！”

这是蒙古草原上的一首歌，据说是从17世纪末就开始流传的民谣。

老人在草原上看见飞过的大雁，觉得似曾相识，不禁仰首问它：“大雁啊！大雁！那有着碧蓝海洋围绕的南方，是多么温暖和美丽，你为什么不在那里长久停留？非要千里迢迢地飞回来呢？”

大雁听见了，就低飞下来回答：“春天花开了，草原就是幸福的天地，有一种呼唤带领我们回到家乡。”

老人俯首行礼，表示欢迎和祝福。大雁正要展翅飞离，忽然又回头轻声询问：“我记得你原来是个多么年轻的少年啊！怎么变得这么老了呢？”

老人长叹一声说：“大雁啊！大雁！不是我自己愿意变老的，实在是这时光无止境地循环，让我不得不老去的啊！”

我是在前年春天第一次听到这首歌的。在台北中广的录音室里，从蒙古来的巴达拉老先生应邀演唱几首蒙古民谣。每唱一首，他都要先向我解说歌词的大意，好让我能向听众作简短的介绍。帮我们两人翻译的杜布与巴雅尔，在翻译到这首歌最后一段的时候，忽然停顿了下来，哽咽不语。

这位朋友处事一向沉稳，我很少看到他这样失态过，不禁有点惊讶。可是，在几秒钟之后，等到他终于把最后一段歌词翻译出来的时候，就轮到我哽咽失声了。

“大雁啊！大雁！不是我自己愿意变老的，实在是这时光无止尽地循环，让我不得不老去的啊！”

老先生站在录音室中间，穿着蒙古长袍，仰首高歌，好像就是那个站在草原上的老人，仿佛空中真有大雁飞来与应答，高亢苍凉的歌声，唱出了生命的疼痛与无奈。我的泪水随着歌声纷纷落下，不能遏止。

每一首曾流传下来的歌，应该都是从我们心里最痛的地方唱出来的吧？

巴达拉老先生几乎用了一生的时间，在草原上采集与传授蒙古民谣，他说：“我想，人活着总有些天真的理想。这么美丽的歌谣既然是祖先从心里面唱出来给我们听的，那么，就让我们再把它唱进子孙的心里面去吧。”

去年8月，巴达拉老先生因为急病在乌兰巴托逝世。我一直想向他表达的谢意，以及台北的朋友们想为他录制专集的心愿，如今都再也没有实现的机会了。

当大雁再飞回到北方去的时候，草原上有谁能够再回答它呢？

读沧海

刘再复

一

我又来到海滨了，亲吻着蔚蓝色的海。

这是北方的海岸，烟台山迷人的夏天。我坐在花间的岩石上，贪婪地读着沧海——展示在天与地之间的书籍，远古与今天的启示录，不朽的大自然的经典。

我带着千里奔波的饥渴，带着漫长岁月久久思慕的饥渴，读着浪花，读着波光，读着迷蒙的烟涛，读着从天外滚滚而来的蓝色的文字，发出雷一样响声的白色的标点。我敞开胸襟，呼吸着海香很浓的风，开始领略书本里汹涌的内容，澎湃的情思，伟大而深邃的哲理。

我打开海蓝色的封面，我进入了书中的境界。隐约地，我听到了太阳清脆的铃声，海底朦胧的音乐。我看到了安徒生童话里天鹅洁白的舞姿，我看到罗马大将安东尼和埃及女王克莉奥佩屈拉在海战中爱与恨交融的戏剧，看到灵魂复苏的精卫鸟化作大群的飞鸥在寻找当年投入海中的树枝，看到徐悲鸿的马群在这蓝色的大草原上仰天长啸，看到舒伯特的琴键像星星在浪尖上频频跳动……就在此时此刻，我感到一种神秘的变动在我身上发生：一种曾经背叛过自己、但是非常美好的东西复归了，而另一种我曾想摆脱而无法摆脱的东西消失了。我感到身上好像减少了什么，又增加了什么，感到我自己的世界在扩大，胸脯在奇异地伸延，一直伸延到无穷的远方，伸延到海天的相接处。我觉得自己的心，同天、同海、同躲藏的星月连成了一片。也就在这个时候，喜悦突然像涌上海面的潜流，滚过我们的胸间，使我暗暗地激动。生活多么美好啊！这大海拥载着的土地，这土地拥载着的生活，多么值得我爱恋啊！

我仿佛听到蔚蓝色的启示录在对我说，你知道什么是幸福吗？你如果要赢得它，请你继续敞开你的胸襟，体验着海，体验着自由，体验着无边无际的壮阔，体验着无穷无际的深渊！

二

我读着海。我知道海是古老的书籍，很古老很古老了，古老得不可思议。

为了积蓄成大海，造化曾经用了整整10亿年。10亿年的积累，10亿年的构思，10亿年吮吸天空与大地的乳汁和眼泪。雄伟的、横贯天地的巨卷啊！谁能在自己有限的一生中，读尽你的无限内涵呢？

有人在你身上读到豪壮，有人在你身上读到寂寞，有人在你心中读到爱情，也有人在你心中读到仇恨，有人在你身边寻找生，有人在你身边寻找死。那些蹈海的英雄，那些自沉海底的失败的改革者，那些越过怒涛向彼岸进取的冒险家，那些潜入深海发掘古化石的学者，那些身边飘忽着丝绸带子的水兵，那些驾着风帆顽强地表现自身强大本质的运动健将，还有那些仰仗着你的豪强铤而走险的海盗，都在你这里集合过，把你作为人生的拼搏的舞台。

你，伟大的双重结构的生命，兼收并蓄的胸怀：悲剧与喜剧，壮剧与闹剧，正与反，潮与汐，深与浅，珊瑚与礁石，洪涛与微波，浪花与泡沫，火山与水泉，巨鲸与幼鱼，狂暴与温柔，明朗与朦胧，清新与混沌，怒吼与低唱，日出与日落，诞生与死亡，都在你身上冲突着，交织着。

哦，雨果所说的“大自然的双面像”，你不就是典型吗？

在颤抖着的漫长岁月中，不知有多少江河带着黄土染污你的蔚蓝，也不知有多少巨鲸与群鲨的尸体毒化你的芬芳，然而，你还是你，海浪还是那样活泼，波光还是那样明艳，阳光下，海水还是那样清澈。不是吗？我明明读到浅海的海底，明明读到沙，读到礁石，读到飘动的海带。

啊！我的书籍，不被污染的伟大的篇章，不会衰朽的雄文奇彩！我终于读到书魂，读到一种比风暴更伟大的力量，这是举世无双的沉淀力与排除力，这是自我克服，自我战胜的蔚蓝色的伟大的奇观。

三

我读着海，从浅海读到深海，从海面读到海底——我神往的世界。但我困惑了，在我的视线未能穿透的海底，伟大书籍最深的层次，有我读不懂的大深奥。

我知道许多智勇双全的科学家、工程师和探险家也在读着深海，他们的眼光像一团巨火，越过黑色的深渊去照明海底的黄昏。全人类都在读海，世界皱着眉头在钻研着海的学问。海底的水晶宫在哪里？海底的大森林在哪里？海底火山与石油的故乡在哪里？古生代里怎样开始生物繁衍的故事？寒武纪发生过怎样惊天动地的浮沉与沧桑？奥陶纪和志留纪发生过怎样扣人心扉的生存和死灭？海里有机界的演化又有过怎样波澜壮阔的革命的飞跃？

我读着我不懂的大深奥，于是，在花间的岩石上，我对着浪花，发出一串串的海问。我知道人类一旦解开了海谜，读懂这不朽的书卷，开拓这伟大的存在，人类将有更伟大的生活，世界将3倍地富有。

我有我读不懂的大深奥，然而，我知道今天的海是曾经化为桑田的海，是曾经被圆锥形动物统治过的海，是曾经被凶猛的海蛇和海龙霸占过的海。而今天，这寒荒的波涛世界变成了另一个繁忙的人世间。我读着海，读着眼前驰骋的七彩风帆，读着威武的舰队，读着层楼似的庞大的轮船，读着海滩上那些红白相间的帐篷，读着沙地上沐浴着阳光的男人与女人。我相信，20年后的海，又会是另一种壮观，另一种七彩，另一种海与人的和谐世界。

伟大的书籍，你时时在更新，在丰富，在进化。我曾经千百次地索思，大海，你为什么能够终古长新，为什么能够有这样永远不会消失的气魂，而今天，我懂了：因为你自身是强大的，健康的，是倔强地流动着的。

大海！我心中伟大的启示录，不朽的经典。我在你身上感受到自由和伟力，体验到丰富和渊深，也体验着我的愚昧、贫乏和弱小，然而，我将追随你滔滔的寒流与暖流，驰向前方，驰向深处，去寻找新的活力和新的未知数，去充实我的生命，去沉淀我的尘埃，去更新我的灵魂！

马缨花开的时候

郁达夫

约莫到了夜半，觉得怎么也睡不着觉，于起来小便之后，放下玻璃溺器，就顺便走上了向南开着的窗口。把窗帷牵了一牵，低身钻了进去，上半身就像是三明治里的火腿，被夹在玻璃与窗帷的中间。

窗外面是二十边的还不十分大缺的下弦月夜，园里的树梢上，隙地上，白色线样的柏油步道上，都洒满了银粉似的月光，在和半透明的黑影互相掩映。周围只是沉寂、清幽，正像是梦里的世界。首夏的节季，按理是应该有点热了，但从毛绒睡衣的织缝眼里侵袭进来的室中空气，尖淋淋还有些儿凉冷的春意。

这儿是法国天主教会所办的慈善医院的特等病房楼，当今天早晨进院来的时候，那个粗暴的青年法国医生，糊糊涂涂地谛听了一遍之后，一直到晚上，还没有回话。只傍晚的时候，那位戴白帽子的牧母来了一次。问她这病究竟是什么病？她也只微笑摇着头，说要问过主任医生，才能知道。

而现在却已经是深沉的午夜了，这些吃慈善饭的人，实在也太没有良心，太不负责任，太没有对众生的同类爱。幸而这病，还是轻的，假若是重病呢？这么的一搁，搁起十几个钟头，难道起死回生的耶稣奇迹，果真的还能在现代的20世纪里再出来的吗？

心里头这样在恨着急着，我以前额部抵住了凉阴阴的玻璃窗面，双眼尽在向窗外花园内的朦胧月色，和暗淡花阴，作无心的观赏。立了几分钟，怨了几分钟，在心里学着罗兰夫人的那句名句，叫着哭着：

“慈善呀慈善！在你这令名之下，真不知害死了多少无为的牺牲者，养肥了多少卑劣的圣贤人！”

直等怨恨到了极点的时候，忽而抬起头来一看，在微明的远处，在一堆树影的高头，金光一闪，突然间却看出了一个金色的十字架来。

“啊吓不对，圣母马利亚在显灵了！”

心里这样一转，自然而然地毛发也竖起了尖端。再仔细一望，那个金色十字架，还在月光里闪烁着，动也不动一动。注视了一会，我也有点怕起来了，就逃也似地将目光移向了别处。可是到了这逃避之所的一堆黑树荫中逗留得不久，在这黑沉沉的背景里，又突然显出了许多上尖下阔的白茫茫同心儿一样，比蜡烛稍短的不吉利的白色物体来。一朵两朵，七朵八朵，一眼望去，虽不十分多，但也并不少，这大约总是开残未谢的木兰花罢，为想自己宽一宽自已的心，这样以最善的方法解释着这一种白色的幻影，我就把身体一缩，退回自己床上来了。

进院后第二天的午前十点多钟，那位含着神秘的微笑的牧母又静静儿同游水似地来到了我的床边。

“医生说你害的是黄疸病，应该食淡才行。”

柔和地这样说着，她又伸出手来为我诊脉。她以一只手捏住了我的臂，擎起另外一只手，在看她自己臂上的表。我一言不发，只是张大了眼在打量她的全身上下的奇异的线和色。

头上是由七八根直线和斜色线叠成的一顶雪也似的麻纱白帽子，白影下就是一张肉色微红的柔嫩得同米粉似的脸。因为是睡在那里的缘故，我所看得出来的，只是半张同《神曲》封面画上，印在那里的谭戴似的鼻梁很高的侧面形。而那只瞳仁很大很黑的眼睛哩，却又同在做梦似地向下斜俯着的。足以打破这沉沉的梦影，和静静的周围的两种刺激，便是她生在眼睑上眼睛上的那些很长很黑，虽不十分粗，但却也一根一根地明细分视得出来的眼睫毛和八字眉，与唧唧唧唧，只在她那只肥白的手臂上静走的表针声。她静寂地俯着头，按着我的臂，有时候也眨着眼睛，胸口头很细很细的一低一高地吐着气，真不知道听了我几多时的脉，忽而将身体一侧，又微笑着正向着我显示起全面来了，面形是一张中突而长圆的鹅蛋脸。

“你的脉并不快，大约养几天，总马上会好的。”

她的富有着抑扬风韵的话，却是纯粹的北京音。

“是会好的吗？不会死的吗？”

“啐，您说哪儿的话？”

似乎是嫌我说得太粗暴了，嫣然地一笑，她就立刻静肃敏捷地走转了身，走出了房。而那个“啐，您说哪儿的话？”的余音，却同大钟鸣后，不肯立时静息般的尽在我的脑里耳里呟呟地跑着绕圈儿的马。

医生隔日一来，而苦里带咸的药，一天却要吞服四遍，但足与这些根事相抵而有余的，倒是那牧母的静肃的降临，有几天她来的次数，竟会比服药的次数多一两回。象这样单调无聊的修道院似的病囚生活，不消说是谁也会感到厌腻的，我于住了一礼拜医院之后，率性连医生也不愿他来，药也不想再服了，可是那牧母的诊脉哩，我却只希望她从早到晨起就来替我诊视，一直到晚，不要离开。

起初她来的时候，只不过是含着微笑，量量热度，诊诊我的脉，和说几句不得不说的话而已。但后来有一天在我的枕头底下被她搜出了一册泥印宋版的波德莱尔的小册子后，她和我说的话也多了起来，在我床边逗留的时间也一次一次的长起来了。

她告诉了我仁爱修女会（白帽子会）的系统和义务，她也告诉了我罗罗马天主教的教义总纲领。她说她的哥哥曾经去罗马朝见过教皇，她说她的信心坚定是在十五年前的14岁的时候。而她的所最对我表示同情的一点，似乎是因为我的老家的远处在北京，“一个人单身病倒了在这举目无亲的上海，哪能够不感到异样的孤凄与寂寞呢？”尤其是觉得巧合的，两人在谈话的中间，竟发现了两人的老家，都偏处在西城，相去不上二三百步路远，在两家的院子里，是都可以听得见北堂的晨钟暮鼓的。为有这种种的关系，我入院后经过了一礼拜的时候，觉得忌淡也没有什么苦处了，因为每次的膳事，她总叫厨子特别的为我留心，布丁上的奶油也特别的加得多，有几次并且为了医院内的定食不合我的胃口，她竟然把她自己的几盆我可以吃的菜蔬，差男护士菲列浦一盆一盆的递送过来，来和我的交换。

像这样的在病院里住了半个多月，虽则医生的粗暴顽迷，仍旧改不过来，药味的酸咸带苦，仍旧是格格难吃，但小便中的绛黄色，却也渐渐地褪去，而柔软无力的两只脚，也能够走得动一里以上的路了。

又加以时节逼进中夏，日长的午后，火热的太阳偏西一点，在房间里闷坐不住，当晚祷之前，她也常肯来和我向楼下的花园里去散一回小步。两人从庭前走出，沿了葡萄架的甬道走过木兰花丛，穿入菩提树林，到前面的假山石旁，有金色十字架竖着的圣母像的石坛圈里，总要在长椅上，坐到晚祷的时候，才走回来。

这舒徐闲适的半小时的晚步，起初不过是隔两日一次或隔日一次的，后来竟成了习惯，变得日日非去走不行了。这在我当然是一种无上的慰藉，可以打破一整天的单调生活，而终日忙碌的她似乎也在对这漫步，感受着无穷的兴趣。

又经过了一星期的光景，天气更加热起来了。园里的各种花木，都已经开落得干干净净，只有墙角上的一丛灌木，大约是蔷薇罢，还剩着几朵红白的残花，在那里妆点着景色。去盛夏想也已不远，而我也在打算退出这医药费昂贵的慈善医院，转回到北京去过夏去。可是心里虽则在这么的打算，但一则究竟病还没有痊愈，而二则对于这周围的花木，对于这半月余的生活情趣，也觉得有点依依难舍，所以一天一天的捱捱，又过了几天无聊的病囚日子。

有一天午后，正当前两天的大雨之余，天气爽朗晴和得特别可爱，我在病室里踱来踱去，心里头感觉得异样的焦闷。大约在铁笼子里徘徊着的新被擒获的狮子，或可以想象得出我此时的心境来，因为那一天从早晨起，一直到将近晚祷的时候止，一整日中，牧母还不曾来过。

晚步的时间过去了，电灯点上了，直到送晚餐来的时候，菲列浦才从他的那件白衣袋里，摸出了一封信来，这不消说是牧母托他转交的信。

信里说，她今天上中央会堂去避静去了，休息些时，她将要离开上海，被调到香港的病院中去服务。若来面别，难免得不动伤感，所以相见不如不见。末后再三叮嘱着，教我好好的保养，静想想经传上圣人的生活。若我能因这次的染病，而归依上帝，浴圣母的慈恩，那她的喜悦就没有比此更大的了。

我读了这一封信后，夜饭当然是一瓢也没有下咽。在电灯下呆坐了数十分钟，站将起来向窗外面一看，明蓝的天空里，却早已经升上了一个银盆似的月亮。大约不是十五六，也该是十三四的晚上了。

我在窗前又呆立了一会，旋转身就披上了一件新制的法兰绒的长衫，拿起了手杖，慢慢地，慢慢地，走下了楼梯，走出了楼门，走上了那条我们两人日日在晚祷时候走熟了的葡萄甬道。一程一程的走去，月光就在我的身上印出了许多树枝和叠石的影画。到了那圣母像的石坛之内，我在那张两人坐熟了的长椅子上，不知独坐了多少时候。忽而来了一阵微风，我偶然间却闻着了一种极清幽，极淡漠的似花又似叶的朦胧的香气。稍稍移了一移搁在支着手杖的两只手背上的头部，向右肩瞟了一眼，在我自己的衣服上，却又看出了一排非常纤匀的对称树叶的叶影，和几朵花蕊细长花瓣稀薄的花影来。

“啊啊！马缨花开了！”

毫不自觉的从嘴里轻轻念出了这一句独语之后，我就从长椅子上站起了身来，走回了病舍。

有所敬畏

周国平

在这个世界上，有的人信神，有的人不信，由此而区分为有神论者和无神论者，宗教徒和俗人。不过，这个区分并非很重要。还有一个比这重要得多的区分，便是有的人相信神圣，有的人不相信，人由此而分出了高尚和卑鄙。

一个人可以不信神，但不可以不相信神圣。是否相信上帝、佛、主或别的什么主宰宇宙的神秘力量，往往取决于个人所隶属的民族传统、文化背景和个人的特殊经历，甚至取决于个人的某种神秘体验，这是勉强不得的。一个没有这些宗教信仰的人，仍然可能是一个善良的人。然而，倘若不相信人世间有任何神圣价值，百无禁忌，为所欲为，这样的人就与禽兽无异了。

相信神圣的人有所敬畏。在他心目中，总有一些东西属于做人的根本，是亵渎不得的。他并不是害怕受到惩罚，而是不肯丧失基本的人格。不论他对人生怎样充满着欲求，他始终明白，一旦人格扫地，他在自己面前竟也失去了做人的自信和尊严，那么，一切欲求的满足都不能挽救他的人生的彻底失败。

相反，对于那些毫无敬畏之心的人来说，是不存在人格上的自我反省的。如果说“知耻近乎勇”，那么，这种人因为不知耻便显出一种卑怯的无赖相和残忍相。只要能够不受惩罚，他们可以在光天化日下干任何恶事，欺负、迫害乃至残杀无辜的弱者。盗匪之中，多这种愚昧兼无所敬畏之徒。一种消极的表现则是对他人生命的极端冷漠，见死不救，如今这类事既频频发生在众多路人旁观歹徒行凶的现场，也频频发生在号称治病救人实则草菅人命的某些医院里。类似行为每每使善良的人们不解，因为善良的人们无法相信，世上竟然真的会有这样丧失起码人性的人。在一个正常社会里，这种人总是极少数，并且会受到法律或正义力量的制裁。可是，当一个民族普遍丧失对神圣价值的信念时，这种人便可能相当多地滋生出来，成为触目惊心的颓败征兆。

赤裸裸的凶蛮和冷漠只是不知耻的粗糙形式，不知耻还有稍微精致一些的形式。有的人有很高的文化程度，仍然可能毫无敬畏之心。他可以玩弄真心爱他的女人，背叛诚恳待他的朋友，然后装出一付无辜的面孔。他的足迹所到之处，再神圣的东西也敢践踏，再美好的东西也敢毁坏，而且内心没有丝毫不安。不论他的头脑里有多少知识，他的心是蒙昧的，真理之光到不了那里。这样的人有再多的艳遇，也没有能力真正爱一回，交再多的哥们，也体味不了友谊的纯正，获取再多的名声，也不知什么是光荣。我对此深信不疑：不相信神圣的人，必被世上一切神圣的事物所抛弃。

雨季不再来

三 毛

这已不知是第几日了，我总在落着雨的早晨醒来，窗外照例是一片灰镑镑的天空，没有黎明时的曙光，没有风，没有鸟叫。后院的小树都很寥寂的静立在雨中，无论从那一个窗口望出去，总有雨水在冲流着。除了雨水之外，听不见其他的声音，在这时分里，一切全是静止的。

我胡乱的穿着衣服，想到今日的考试，想到心中挂念着的培，心情就又无端的沉落下去，而对这样的季候也无心再去咒诅它了。

昨晚房中的台灯坏了，就以此为借口，故意早早睡去，连笔记都不想碰一下，更不要说那一本本原文书了。当时客厅的电视正在上演着西部片，黑暗中，我躺在床上，偶尔会有音乐、对白和枪声传来，觉得有一丝朦胧的快乐。在那时考试就变得极不重要，觉得那是不会有的事，明天也是不会来的。我将永远躺在这黑暗里，而培明日会不会去找我也不是问题了。不过是这个季节在烦恼着我们，明白就会好了，我们岂是真的就此分开了，这不过是雨在冲乱着我们的心绪罢了。

每次早晨醒来的时候，我总喜欢仔细的去看看自己，浴室镜子里的我是一个陌生人，那是个奇异的时分。我的心境在刚刚醒来的时候是不设防的，镜中的自己也是不设防的，我喜欢一面将手浸在水里，一面凝望着自己，奇怪的轻声叫着我的名字——今日镜中的不是我，那是个满面渴想着培的女孩。我凝望着自己，追念着培的眼睛——我常常不能抗拒的驻留在那时分里，直到我听见母亲或弟弟在另一间浴室里漱洗的水声，那时我会突然记起自己该进入的日子和秩序，我就会怏怏的去喝一杯蜂蜜水，然后夹着些凌乱的笔记书本出门。

今早要出去的时候，我找不到可穿的鞋子，我的鞋因为在雨地中不好好走路的缘故，已经全都湿光了，于是我只好去穿一双咖啡色的凉鞋。这件小事使得我在出门时不及想象的沉落，这凉鞋踏在清晨水湿的街道上的确是愉快的。我坐了三轮车去车站，天空仍灰得分不出时辰来。车帘外的一切被雨弄得静悄悄的，看不出什么显然的朝气，几个小男孩在水沟里放纸船，一个拾拉圾的老人无精打采的站在人行道边，一街的人车在这灰暗的城市中无声的奔流着。我看着这些景象，心中无端的升起一层疲惫来，这是怎么样令人丧气的一个日子啊。

下车付车钱时我弄掉了笔记，当我俯身在泥泞中去拾起它时，心中就乍然的软弱无力起来。培不会在车站吧，他不会在那儿等我，这已不知是第几日了，我们各自上学放学，都固执的不肯去迁就对方。几日的分离，我已不能清楚的去记忆他的形貌了，我的恋念和往日他给我的重大回忆，只有使得我一再激动的去怀想他，雨中的日子总是湿的，不知是雨还是自己，总在弄湿这个流光。今日的我是如此的撑不住，渴望在等车的时候能找到一个随便什么系的人来乱聊一下，排队的同学中有许多认识的，他们只抬起头来朝我心事重重的笑了笑，便又埋头在笔记簿里去，看样子这场期终考试弄得谁都潇洒不起来了。我站在队尾，没有什么事好做，每一次清晨的盼望总是在落空，我觉着一丝被人遗忘的难受，心中从来没有被如此鞭笞过，培不在这儿，什么都不再光彩了。站内的日光灯全部亮着，惨白的灯光照着一群群来往的乘客，空气中弥漫着香烟与湿胶鞋的气味，扩音器在播放着新闻，站牌的灯一亮一熄的彼此交替着，我呼吸着这不湿的空气，觉得这是一个令人厌倦而又无奈的日子。

想到三个多月前的那日，心情就无端的陷入一种玄想中去，那时正是注册的日子，上一个学期刚从冬季寒冷的气候中结束，我们放假十天就要开始另一个新的学期。那天我办完了注册手续才早晨十点多点，我坐在面对着足球场的石砌台阶上，看着舞专的学生们穿了好看的紧身舞衣在球场上跳舞，那时候再过几日就是校庆了，我身后正有一个老校工爬在梯子上漆黄色的窗框，而进行曲被一次次大声的播放着，那些跳舞的同学就反复的在练习。当时，空气中充满着快乐的音乐和油漆味，群山在四周低低的围绕着。放眼望去，碧空如洗，阳光在缓缓流过。我独自坐在那儿，面对着这情景，觉得真像一个活泼安适的假日，我就认真的快乐起来。那份没有来由的快乐竟是非常的震撼着我。后来开学了，我们半专心半不专心的念着书，有时逃课去爬山，有时在图书馆里发神经查生字，日子一天一天过去，接着雨就来了，直到现在它没有停过。我们起初是异常欢悦的在迎接着雨，数日之后显得有些苦恼，后来就开始咒诅它，直到现在，我们已忘了在阳光下上学该是怎么回事了。

从车站下车到学校大约有二十分钟的路，我走进校园时人已是透湿的了，我没有用雨具的习惯，每天总是如此的来去着。我们教室在五楼天台的角上，是个多风的地方。教室中只有几个同学已经先到了，我进门，摊开笔记，靠在椅子上发愣，今日培会来找我么？他知道我在这儿，他知道我们彼此想念着。培，你这样不来看我，我什么都做不出来，培，是否该我去找你呢，培，你不会来了，你不会来了，你看，我日日在等待中度日——四周的窗全开着，雨做了重重的帘子，那么灰重的掩压了世界，我们如此渴望着想看一看帘外的晴空，它总冷漠的不肯理睬我们的盼望。而一个个希望是如此无助的被否定掉了，除了无止境的等待之外，你发现没有什么其他的办法再见阳光。

李日和常彦一起走进来，那时已是快考试了，李日是个一进教室就喜欢找人吹牛的家伙。他照例慢慢的踱进来，手中除了一枝原子笔之外什么也没带。

“卡帕，你怎么穿这种怪鞋子？”卡帕是日本作家芥川的小说《河童》的发音，在雨季开始时我就被叫成这个名字了。“没鞋了，无论皮鞋球鞋全湿了，不对吗？”

“带子太少。远看吓了我一跳，以为你干脆打赤足来上学了。”李日一面看着我的鞋，一面又做出一副夸张的怪脸来。“我喜欢这种式样，这是一双快乐的鞋子。”

“在这种他妈的天气下你还能谈快乐？”

“我不知道快不快乐，李日，不要问我。”

“傻子，李日怕你考试紧张，跟你乱扯的。”常彦在一旁说。

“不紧张，不愉快倒是真的，每次考试就像是一种屈辱，你说你会了，别人不相信，偏拿张白纸要你来证明。”我说着说着人就激动起来。

“卡帕，有那么严重吗？”常彦很费思索的注视着我。“他妈的，我乱说的，才不严重。”说着粗话我自己就先笑起来了。

这是一种没有来由的倦怠，你如何向人去解释这个时分的心情呢，今晨培也没有来找，而日复一日的等待就只有使得自己更沉落下去。今晨的我就是如此的撑不住了，我生活在一种对大小事情都过分执着的谬误中，因此我无法在其中得着慰藉和亮光了。好在这心情已非一日，那是被连串空泛的琐事堆积在心底的一个沙丘，禁不住连日的雨水一冲，便在心里乱七八糟的奔流起来。

这是一场不难的考试，我们只消对几个哲学学派提出一些评论，再写些自己的见解，写两千字左右就可通过。事实上回答这些问题仍旧是我很喜欢的一件工作，想不出刚才为什么要那么有意无意的牵挂着它。仔细的答完了卷子，看看四周的同学，李日正拉着身旁埋头疾书的常彦想要商量，常彦小声说了一点，李日就马上脸色发光的下笔如飞起来，我在一旁看了不禁失笑，李日的快乐一向是来得极容易的。此时的我心中想念着培，心中浮出一些失望后的怅然，四周除了雨声之外再听不出什么声音来。我合上了卷子，将脚放在前面同学的椅子上轻轻的摇晃着，那个年轻的讲师踱过来。“是不是做完了？做完就交吧。”

“这种题目做不完的，不过字数倒够了。”

他听了笑起来，慢慢的踱开去。

我想不出要做什么，我永远学不会如何去重复审视自己的卷子，对这件事我没有一分钟的耐心。雨落得异常的无聊，我便在考卷后面乱涂着——森林中的柯莱蒂[①]，雨中的柯莱蒂，你的太阳在那里——那样涂着并没有多大意思，我知道，我只是在拖延时间，盼望着教室门口有培的身影来接我，就如以前千百次一样。十五分钟过去了，我交了卷子去站在外面的天台上，这时我才突然意识到，整天都没课了，我们已在考期终考了。整幢的大楼被罩在雨中，无边的空虚交错的撑架在四周，对面雨中的宿舍全开着窗，平日那些专喜欢向女孩们呼叫戏谑的男孩们一个也不见，只有工程中没有被拆掉的竹架子在一个个无声的窗口竖立着。雨下了千万年，我再想不起那些经历过的万里晴空，想不起我干燥清洁的鞋子，想不起我如何用快乐的步子踏在阳光上行走。夏季没有带着阳光来临，却带给我们如许难捱的一个季候。教室内陆续有人在交卷，那讲师踱出来了。他站着看了一会雨。

“考完了就可以回去了，我们这门课算结束了。在等谁吗？”

“没有，就回去了。”我轻轻的回答了一声，站在雨中思索着。我等待你也不是一日了，培，我等了有多久了，请告诉我，我们为什么会为了一点小事就分开了，我总等着你来接我一块下山回去。

这时我看见李日和维欣一起出来。维欣是前一星期才回校来的，极度神经衰弱，维欣回乡去了快一个月。“考得怎么样？”我问维欣，平日维欣住在台北姑母家中，有时我们会一起下山。

“六十分总有的，大概没问题。”维欣是个忧郁的孩子，年龄比我们小，样子却始终是落落寡欢的。

“卡帕，你准是在等那个戏剧系的小子，要不然甘心站在雨里面发神经。”李日一面跳水塘一面在喊着。“你不许叫他小子。”

“好，叫导演，喂，培导演，卡帕在想你。”李日大喊起来。我慌了。

“李日，你不要乱来。”维欣大笑着拉他。

“卡帕，你站在教室外面淋雨，我看了奇怪得不得了，差一点写不出来。”李日是最喜欢说话的家伙。

“算了，你写不出来，你一看常彦的就写出来了。”“冤枉，我发誓我自己也念了书的。”李日又可爱又生气的脸嚷成一团了，这个人永远不知忧愁是什么。这时维欣在凝望着雨沉默着。

“维欣，你暑假做什么，又不当兵。”我问他。“我回乡去。”

“转系吧，不要念这门了，你身体不好。”

“卡帕，我实在什么系都不要念，我只想回乡去守着我的果园，自由自在的做个乡下人。”

“书本原来是多余的。”

“算了，算了，维欣，算你倒霉，谁要你是长子，你那老头啊——总以为送你念大学是对得起祖宗，结果你偏闷出病来了。”李日在一旁乱说乱说的，维欣始终性情很好的看着他，眼光中却浮出一层奇怪的神情来。

我踏了一脚水去洒李日，阻止他说下一句，此时维欣已悄悄的往楼梯口走去，李日还毫不觉得的在踏水塘。“维欣，等等我们。李日，快点，你知道他身体不好，偏要去激他。”我悄悄的拉着李日跟在维欣身后下去。

下楼梯时我知道今日我又碰不着培了，我正在一步一步下楼，我正经过你教室的门口，培，我一点办法都没有，我是这样的想念着你，培，我们不要再闹了，既然我们那么爱着，为什么在这样近在眼前的环境中都不见面。李日下楼时在唱着歌。

“我知道有一条叫做日光的大道，你在那儿叫着我的小名啊，妈妈，我在向你赶去，我正走在十里外的麦田上……”

“喂，卡帕，这歌是不是那戏剧系的小子编出来的？告诉他，李日爱极了。”

这儿没有麦田，没有阳光，没有快乐的流浪，我们正走在雨湿的季节里，我们也从来没有边唱着歌，边向一个快乐的地方赶去，我们从来没有过，尤其在最近的一段时分里，快乐一直离我们很远。

到楼下了，雨中的校园显得很寥落，我们一块儿站在门口，望着雨水出神，这时李日也不闹了，像傻子似的呆望着雨。它又比早晨上山时大多了。

“这不是那温暖的雨。”维欣慢慢的说。

“等待阳光吧，除了等待之外怎么发愁都是无用的。”我回头对他鼓励的笑了笑，自己却笑得要落泪。

“算了，别等什么了，我们一块儿跑到雨里去，要拚命跑到车站，卡帕，你来不来。”李日说着人就要跑出去了。“我们不跑，要就走过去，要走得很泰然的回去，就像没有下雨这等事一样。”

“走就走，卡帕，有时你太认真了，你是不是认为在大雨里跑着就算被雨击倒了，傻子。”

“我已没有多少尊严了，给我一点小小的骄傲吧。”“卡帕，你暑假做什么？”维欣在问我。

“我不知道，别想它吧，那日子不来，我永远无法对它做出什么恳切的设想来，我真不知道。”

历年来暑假都是连着阳光的，你如何能够面对着这大雨去思想一个假期，虽然它下星期就要来临了，我觉得一丝茫然。风来了，雨打进门檐下，我的头发和两肩又开始承受了新来的雨水，地上流过来的水弄湿了凉鞋，脚下升起了一阵缓缓的凉意。水聚在我脚下，落在我身上，这是六月的雨，一样寒冷得有若早春。

雨下了那么多日，它没有弄湿过我，是我心底在雨季，我自己弄湿了自己。

“我们走吧，等什么呢。”维欣在催了。

“不等什么，我们走吧。”

我，李日，维欣，在这初夏的早晨，慢慢走进雨中，我再度完全开放的将自己交给雨水，没有东西能够拦阻它们。雨点很重的落在我全身每一个地方，我已没有别的意识，只知道这是雨，这是雨，我正走在它里面。我们并排走着，到了小树那儿它就下得更大了，维欣始终低着头，一无抗拒的任着雨水击打着。李日口中含了一支不知是否燃着的新乐园，每走一步就挥着双手赶雨，口中含糊而起劲的骂着，他妈的，他妈的，那样子看不出是对雨的欢呼还是咒诅。我们好似走了好久，我好似有生以来就如此长久的在大雨中走着，车站永远不会到了。我觉得四周，满溢的已不止是雨水，我好似行走在一条河里。我湿得眼睛都张不开了，做个手势叫李日替我拿书，一面用手擦着脸，这时候我哭了，我不知道这永恒空虚的时光要何时才能过去，我就那样一无抗拒的被卷在雨里，我漂浮在一条河上，一条沉静的大河，我开始无助的浮沉起来，我慌张得很，口中喊着，培，快来救我，快点，我要沉下去了，培，我要浸死了。

李日在一旁拚命推我，维欣站在一边脸都白了，全身是湿的。“卡帕，怎么喊起来了，你要吓死我们，快点走吧，你不能再淋了，你没什么吧？”

“李日，我好的，只是雨太大了。”

我跟着他们加快了步子，维欣居然还有一条干的手帕借我擦脸，我们走在公路，车站马上要看到了，这时候我注视着眼前的雨水，心里想着，下吧，下吧，随便你下到那一天，你总要过去的，这种日子总有停住的一天，大地要再度绚丽光彩起来，经过了无尽的雨水之后。我再不要做一个河童了，我不会永远这样沉在河底的，雨季终将过去。总有一日，我要在一个充满阳光的早晨醒来，那时我要躺在床上，静静的听听窗外如洗的鸟声，那是多么安适而又快乐的一种苏醒。到时候，我早晨起来，对着镜子，我会再度看见阳光驻留在我的脸上，我会一遍遍的告诉自己，雨季过了，雨季将不再来，我会觉得，在那一日早晨，当我出门的时候，我会穿着那双清洁干燥的黄球鞋，踏上一条充满日光的大道，那时候，我会说，看这阳光，雨季将不再来。

注：柯莱蒂 clytie ，希腊神话山泽女神，恋太阳神阿波罗，后变为向日葵。

[注释]

①柯莱蒂 clytie ，希腊神话山泽女神，恋太阳神阿波罗，后变为向日葵。

窗

钱钟书

又是春天，窗子可以常开了。春天从窗外进来，人在屋子里坐不住，就从门里出去。不过屋子外的春天太贱了！到处是阳光，不像射破屋里阴深的那样明亮；到处是给太阳晒得懒洋洋的风，不像搅动屋里沉闷的那样有生气。就是鸟语，也似乎琐碎而单薄，需要屋里的寂静来做衬托。我们因此明白，春天是该镶嵌在窗子里看的，好比画配了框子。

同时，我们悟到，门和窗有不同的意义。当然，门是造了让人出进的。但是，窗子有时也可作为进出口用，譬如小偷或小说里私约的情人就喜欢爬窗子。所以窗子和门的根本分别，决不仅是有没有人进来出去。若据赏春一事来看，我们不妨这样说：有了门，我们可以出去；有了窗，我们可以不必出去。窗子打通了人和大自然的隔膜，把风和太阳逗引进来，使屋子里也关着一部分春天，让我们安坐了享受，无须再到外面去找。古代诗人像陶渊明对于窗子的这种精神，颇有会心。《归去来辞》有两句道："倚南窗以寄傲，审容膝之易安。"不等于说，只要有 窗可以凭眺，就是小屋子也住得么？他又说："夏月虚闲，高卧北窗之下，清风飒至，自谓羲皇上人。"意思是只要窗子透风，小屋子可成极乐世界；他虽然是柴桑人，就近有庐山，也用不着上去避暑。所以，门许我们追求，表示欲望，窗子许我们占领，表示享受。这个分别，不但是住在屋里的人的看法，有时也适用于屋外的来人。一个外来者，打门请进，有所要求，有所询问，他至多是个客人，一切要等主人来决定。反过来说，一个钻窗子进来的人，不管是偷东西还是偷情，早已决心来替你做个暂时的主人，顾不到你的欢迎和拒绝了。缪塞（Musset）在《少女做的是什么梦》A quoir vent les jeunes filles 那首诗剧里，有句妙语，略谓父亲开了门，请进了物质上的丈夫 matriel poux ，但是理想的爱人 ideal ，总是从窗子出进的。换句话说，从前门进来的，只是形式上的女婿，虽然经丈人看中，还待博取小姐自己的欢心；要是从后窗进来的，总是女郎们把灵魂肉体完全交托的真正情人。你进前门，先要经门房通知，再要等主人出见，还得寒暄几句，方能说明来意，既费心思，又费时间，那像从后窗进来的直接痛快？好像学问的捷径，在乎书背后的引得，若从前面正文看起，反见得愈远了。这当然只是在社会常态下的分别，到了战争等变态时期，屋子本身就保不住，还讲什么门和窗！

世界上的屋子全有门，而不开窗的屋子我们还看得到。这指示出窗比门代表更高的人类进化阶段。门是住屋子者的需要，窗多少是一种奢侈。屋子的本意，只像鸟巢兽窟，准备人回来过夜的，把门关上，算是保护。但是墙上开了窗子，收入光明和空气，使我们白天不必到户外去，关了门也可生活。屋子在人生里因此增添了意义，不只是避风雨、过夜的地方，并且有了陈设，挂着书画，是我们从早到晚思想、工作、娱乐、演出人生悲喜剧的场子。门是人的进出口，窗可以说是天的进出口。屋子本是人造了为躲避自然的胁害，而向四垛墙、一个屋顶里，窗引诱了一角天进来，驯服了它，给人利用，好比我们笼络野马，变为家畜一样。从此我们在屋子里就能和自然接触，不必去找光明，换空气，光明和空气会来找到我们。所以，人对于自然的胜利，窗也是一个。不过，这种胜利，有如女人对于男子的胜利，表面上看来好像是让步——人开了窗让风和日光进来占领，谁知道来占领这个地方的就给这个地方占领去了！我们刚说门是需要，需要是不由人做得主的。譬如我，饿了就要吃，渴了就该喝。所以有人敲门，你总得去开，也许是易卜生所说比你下一代的青年想冲进来，也许像德昆希《论谋杀后闻打门声》（On the Knocking at the Gate in the Macheth）所说，光天化日的世界想攻进黑暗罪恶的世界，也许是浪子回家，也许是有人借债（更许是讨债），你愈不知道，怕去开，你愈想知道究竟，愈要去开。甚至邮差每天打门的声音，也使你起了带疑惧的希冀，因为你不知道而又愿知道他带来的是什么消息。门的开关是由不得你的。

但是窗呢？你清早起来，只要把窗幕拉过一边，你就知道窗外有什么东西在招呼着你，是雪、是雾、是雨，还是好太阳，决定要不要开窗子。上面说过窗子算得奢侈品，奢侈品原是在人看情形斟酌增减的。

我常想，窗可以算房屋的眼睛。刘熙《释名》说："窗，聪也；于内窥外，为聪明也。"正如凯罗（Gottfriend Keller）《晚歌》（Abendlied）起句所谓："双瞳如小窗，佳景收历历。"同样地只说着一半。眼睛是灵魂的窗户，我们看见外界，同时也让人看到我们的内心；眼睛往往跟着心在转，所以孟子认为"相人莫良于眸子"，梅特林克戏剧里的情人接吻时不许闭眼，可以看见对方有多少吻要从心里上升到嘴边。我们跟带黑眼镜的人谈话，总觉得捉摸不住他的用意，彷佛他以假面具相对，就是为此。据艾克曼（Eckermann）记1830年4月5日歌德的谈话，歌德恨一切带眼镜的人，说他们看得清楚他脸上的皱纹，但是他给他们的玻璃片耀得眼花缭乱，看不出他们的心境。窗子许里面人看出去，同时也许外面人看进来，所以在热闹地方住的人要用窗帘子，替他们私生活做个保障。晚上访人，只要看窗里有无灯光，就约略可以猜到主人在不在家，不必打开了门再问，好比不等人开口，从眼睛里看出他的心思。关窗的作用等于闭眼。天地间有许多景象是要闭了眼才看得见的，譬如梦。假使窗外的人声物态太嘈杂了，关了窗好让灵魂自由地去探胜，安静地默想。有时，关窗和闭眼也有连带关系，你觉得窗外的世界不过尔尔，并不能给予你什么满足，你想回到故乡，你要看见跟你分离的亲友，你只有睡觉，闭了眼向梦里寻去，于是你起来先关了窗。因为只是春天，还留着残冷，窗子也不能镇天镇夜不关的。

鸡 毛

汪曾祺

西南联大有一个文嫂。

她不是西南联大的人。她不属于教职员工，更不是学生。西南联大的各种名册上都没有“文嫂”这个名字。她只是在西南联大里住着，是一个住在联大里的校外的人。然而她又的的确确是“西南联大”的一个组成部分。她住在西南联大的新校舍。

西南联大有许多部分：新校舍、昆中南院、昆中北院、昆华师范、工学院……其他部分都是借用的原有的房屋，新校舍是新建的，也是联大的主要部分。图书馆、大部分教室、各系的办公室、男生宿舍……都在新校舍。

新校舍在昆明大西门外，原是一片荒地。有很多坟，几户零零落落的人家。坟多无主。有的坟主大概已经绝了后，不难处理，有一个很大的坟头，一直还留着，四面环水，如一小岛，春夏之交，开满了野玫瑰，香气袭人，成了一处风景。其余的，都平了。坟前的墓碑，有的相当高大，都搭在几条水沟上，成了小桥。碑上显考显妣的姓名分明可见，全都平躺着了。每天有许多名师大儒、莘莘学子从上面走过。住户呢，由学校出几个钱，都搬迁了。文嫂也是这里的住户。她不搬。说什么也不搬。她说她在这里住惯了。联大的当局是很讲人道主义的，人家不愿搬，不能逼人家走。可是她这两间破破烂烂的草屋，不当不间地戳在那里，实在也不成个样子。新校舍建筑虽然极其简陋，但是是经过土木工程系的名教授设计过的，房屋安排疏密有致，空间利用十分合理，那怎么办呢？主其事者跟文嫂商量，把她两间草房拆了，另外给她盖一间，质料比她原来的要好一些。她同意了，只要求再给她盖一个鸡窝。那好办。

她这间小屋，土墙草顶，有两个窗户（没有窗扇，只有一个窗洞，有几根直立着的带皮的树棍），一扇板门。紧靠西面围墙，离二十五号宿舍不远。

宿舍旁边住着这样一户人家，学生们倒也没有人觉得奇怪。学生叫她文嫂。她管这些学生叫“先生”。时间长了，也能分得出张先生，李先生，金先生、朱先生……但是，相处这些年了，竟没有一个先生知道文嫂的身世，只知道她是一个寡妇，有一个女儿。人很老实。虽然没有知识，但是洁身自好，不贪小便宜。除非你给她，她从不伸手要东西。学生丢了牙膏肥皂、小东小西，从来不会怀疑是她顺手牵羊拿了去。学生洗了衬衫，晾在外面，被风吹跑了，她必为捡了，等学生回来时交出：“金先生，你的衣服。”除了下雨，她一天都是在屋外待着。她的屋门也都是敞开着的。她的所作所为，都在天日之下，人人可以看到。

她靠给学生洗衣服、拆被窝维持生活。每天大盆大盆地洗。她在门前的两棵半大榆树之间拴了两根棕绳，拧成了麻花。洗得的衣服。夹紧在两绳之间。风把这些衣服吹得来回摆动，霍霍作响。大太阳的天气，常常看见她坐在草地上（昆明的草多丰茸齐整而极干净）做被窝，一针一针，专心致志。衣服被窝洗好做得了，为了避免嫌疑，她从不送到学生宿舍里去，只是叫女儿隔着窗户喊：“张先生，来取衣服，”——“李先生，取被窝。”

她的女儿能帮上忙了，能到井边去提水，踮着脚往绳子上晾衣服，在床上把衣服抹煞平整了，叠起来。

文嫂养了二十来只鸡（也许她原是靠喂鸡过日子的）。联大到处是青草，草里有昆虫蚱蜢种种活食，这些鸡都长得极肥大，很肯下蛋。隔多半个月，文嫂就挎了半篮鸡蛋，领着女儿，上市去卖。蛋大，也红润好看，卖得很快。回来时，带了盐巴、辣子，有时还用马兰草提着一块够一个猫吃的肉。

每天一早，文嫂打开鸡窝门，这些鸡就急急忙忙，迫不及待地奔出来，散到草丛中去，不停地啄食。有时又抬起头来，把一个小脑袋很有节奏地转来转去，顾盼自若，——鸡转头不是一下子转过来，都是一顿一顿地那么转动。到觉得肚子里那个蛋快要坠下时，就赶紧跑回来，红着脸把一个蛋下在鸡窝里。随即得意非凡地高唱起来："郭格答！郭格答！"文嫂或她的女儿伸手到鸡窝里取出一颗热烘烘的蛋，顺手赏了母鸡一块土坷垃："去去去！先生要用功，莫吵！"这鸡婆子就只好咕咕地叫着，很不平地走到草丛里去了。到了傍晚，文嫂抓了一把碎米，一面撒着，一面"咕咕"叫着，这些母鸡就都即足足地回来了。它们把碎米啄尽，就鱼贯进入鸡窝。进窝时还故意把脑袋低一低，把尾巴向下耷拉一下，以示雍容文雅，很有鸡教。鸡窝门有一道小坎，这些鸡还都一定两脚并齐，站在门坎上，然后向前一跳。这种礼节，其实大可不必。进窝以后，咕咕囔囔一会，就寂然了。于是夜色就降临抗战时期最高学府之一，国立西南联合大学的新校舍了，阿门。

文嫂虽然生活在大学的环境里，但是大学是什么，这有什么用，为什么要办它，这些，她可一点都不知道。只知道有许多"先生"，还有许多小姐，或按昆明当时的说法，有很多"摩登"，来来去去；或在一个洋铁皮房顶的屋子（她知道那叫"教室"）里，坐在木椅子上，呆呆地听一个"老倌"讲话。这些"老倌"讲话的神气有点像耶稣堂卖福音书的教士（她见过这种教士）。但是她隐隐约约地知道，先生们将来都是要做大事，赚大钱的。

先生们现在可没有赚大钱，做大事，而且越来越穷，找文嫂洗衣服、做被子的越来越少了。大部分先生非到万不得已，不拆被子，一年也不定拆洗一回。有的先生虽然看起来衣冠齐楚，西服皮鞋，但是皮鞋底下有洞。有一位先生还为此制了一则谜语："天不知地知，你不知我知。"他们的袜子没有后跟，穿的时候就把袜尖往前拽拽，窝在脚心里，这样后跟的破洞就露不出来了。他们的衬衫穿脏了，脱下来换一件。过两天新换的又脏了，看看还是原先脱下的一件干净些，于是又换回来。有时要去参加Party，没有一件洁白的衬衫，灵机一动：有了！把衬衫反过来穿！打一条领带，把纽扣遮住，这样就看不出反正了。就这样，还很优美地跳着《蓝色的多瑙河》。有一些，就完全不修边幅，衣衫褴褛，囚首垢面，跟一个叫花子差不多了。他们的裤子破了，就用一根麻绳把破处系紧。文嫂看到这些先生，常常跟女儿说："可怜！"

来找文嫂洗衣的少了，她还有鸡，而且她的女儿已经大了。

女儿经人介绍，嫁了一个司机。这司机是下江人，除了他学着说云南话："为哪样"、"咋个整"，其余的话，她听不懂，但她觉得这女婿人很好。他来看过老丈母，穿了麂皮夹克，大皮鞋，头上抹了发蜡。女儿按月给妈送钱。女婿跑仰光、腊戌，也跑贵州、重庆。每趟回来，还给文嫂带点曲靖韭菜花，贵州盐酸菜，甚至宣威火腿。有一次还带了一盒遵义板桥的化风丹，她不知道这有什么用。他还带来一些奇形怪状的果子。有一种果子，香得她的头都疼。下江人女婿答应养她一辈子。

文嫂胖了。

男生宿舍全都一样，是一个窄长的大屋子，土墼墙，房顶铺着木板，木板都没有刨过，留着锯齿的痕迹，上盖稻草；两面的墙上开着一列像文嫂的窗洞一样的窗洞。每间宿舍里摆着二十张双层木床。这些床很笨重结实，一个大学生可以在上面放放心心地睡四年，一直睡到毕业，无须修理。床本来都是规规矩矩地靠墙排列着的，一边十张。可是这些大学生需要自己的单独的环境，于是把它们重新调动了一下，有的两张床摆成一个曲尺形，有的三张床摆成一个凹字形，就成了一个一个小天地。按规定，每一间住四十人，实际都住不满。有人占了一个铺位，或由别人替他占了一个铺位而根本不来住；也有不是铺主却长期睡在这张铺上的；有根本不是联大学生，却在新校舍住了好几年的。这些曲尺形或凹字形的单元里，大都只有两三个人。个别的，只有一个，一间宿舍住的学生，各系的都有。有一些互相熟悉，白天一同进出，晚上联床夜话；也有些老死不相往来，连贵姓都不打听。二十五号南头一张双层床上住着一个历史系学生，一个中文系学生，一个上铺，一个下铺，两个人合住了一年，彼此连面都没有见过：因为这二位的作息时间完全不同。中文系学生是个夜猫子，每晚在系图书馆夜读，天亮才回来；而历史系学生却是个早起早睡的正常的人。因此，上铺的铺主睡觉时，下铺是空的；下铺在酣睡时，上铺没有人。

联大的人都有点怪。"正常"在联大不是一个褒词。一个人很正常，就会被其余的怪人认为"很怪"。即以二十五号宿舍而论，如果把这些先生的事情写下来，将会是一部很长的小说。如今且说一个人。

此人姓金，名昌焕，是经济系的。他独占北边的一个凹字形的单元。他不欢迎别人来住，别人也不想和他搭伙。他不知从哪里弄来一些木板，把双层床的一边都钉了木板，就成了一间屋中之屋，成了他的一统天下。凹字形的当中，摞着几个装肥皂的木箱——昆明这种木箱很多，到处有得卖，这就是他的书桌。他是相当正常的。一二年级时，按时听讲，从不缺课。联大的学生大都很狂，讥弹时事，品藻人物，语带酸咸，辞锋很锐。金先生全不这样。他不发狂论。事实上他很少跟人说话。其特异处有以下几点：一是他所有的东西都挂着，二是从不买纸，三是每天吃一块肉。他在他的床上拉了几根铁丝，什么都挂在这些铁丝上，领带、袜子、针线包、墨水瓶……他每天就睡在这些丁丁当当的东西的下面。学生离不开纸。怎么穷的学生，也得买一点纸。联大的学生时兴用一种灰绿色布制的夹子，里面夹着一叠白片艳纸，用来记笔记，做习题。金先生从不花这个钱。为什么要花钱买呢？纸有的是！联大大门两侧墙上贴了许多壁报、学术演讲的通告、寻找失物、出让衣鞋的启事，形形色色、琳琅满目。这些启事、告白总不是顶天立地满满写着字，总有一些空白的地方。金先生每天晚上就带子一把剪刀，把这些空白的地方剪下来。他还把这些纸片，按大小纸质、颜色，分门别类，裁剪整齐，留作不同用处。他大概是相当笨的，因此，每晚都开夜车。开夜车伤神，需要补一补。他按期买了猪肉，切成大小相等的方块，借了文嫂的鼎罐（他借用了鼎罐，都是洗都不洗就还给人家了），在学校茶水炉上炖熟了，密封在一个有盖的瓷坛里。每夜用完了功，就打开坛盖，用一只一头削尖了的筷子，瞅准了，扎出一块，闭目而食之。然后，躺在丁丁当当的什物之下，酣然睡去。

这样过了三年。到了四年级，他在聚兴诚银行里兼了职，当会计。其时他已经学了簿记、普通会计、成本会计、银行会计、统计……这些学问当一个银行职员，已是足用的了。至于经济思想史、经济地理……这些空空洞洞的课程，他觉得没有什么用处，只要能混上学分就行，不必苦苦攻读，可以缺课。他上午还在学校听课，下午上班。晚上仍是开夜车，搜罗纸片，吃肉。自从当了会计，他添了两样毛病。一是每天提了一把黑布阳伞进出，无论冬夏，天天如此。二是穿两件衬衫，打两条领带，穿好了衬衫，打好领带；又加一件衬衫，再打一条领带。这是干什么呢？若说是显示他有不止一件衬衫、一条领带吧，里面的衬衫和领带别人又看不见；再说这鼓鼓囊囊的，舒服吗？真是令人百思不得其解。因此，同屋的那位中文系夜游神送给他一个外号，这外号很长："二十年目睹之怪现状"。

金先生很快就要毕业了。毕业以前，他想到要做两件事。一件是加入国民党，这已经着手办了；一件是追求一个女同学，这可难。他在学校里进进出出，一向像马二先生逛西湖：他不看女人，女人也不看他。

谁知天缘凑巧，金昌焕先生竟有了一段风流韵事。一天，他正提着阳伞到聚兴诚去上班，前面走着两个女同学，她们交头接耳地谈着话。一个告诉另一个：这人穿两件衬衫，打两条领带。而且介绍他有一个很长的外号："二十年目睹之怪现状。"听话的那个不禁回头看了金昌焕一眼，嫣然一笑。金昌焕误会了：谁知一段姻缘却落在这里。当晚，他给这女同学写了一封情书。开头写道："××女士芳鉴，迳启者……"接着说了很多仰慕的话，最后直截了当地提出："倘蒙慧眼垂青，允订白首之约，不胜荣幸之至。随函附赠金戒指一枚，务祈笑纳为荷。"在"金戒指"三字的旁边还加了一个括弧，括弧里注明："重一钱五。"这封情书把金先生累得够呛，到他套起钢笔，吃下一块肉时，文嫂的鸡都已经即即足足地发出声音了。

这封情书是当面递交的。

这位女同学很对得起金昌焕。她把这封信公布在校长办公室外面的布告栏里，把这枚金戒指也用一枚大头针钉在布告栏的墨绿色的绒布上。于是金昌焕一下子出了大名了。

金昌焕倒不在乎。他当着很多人，把信和戒指都取下来，收回了。

你们爱谈论，谈论去吧！爱当笑话说，说去吧！于金昌焕何有哉！金昌焕已经在重庆找好了事，过两天就要离开西南联大，上任去了。

文嫂丢了三只鸡，一只笋壳鸡，一只黑母鸡，一只芦花鸡。这三只鸡不是一次丢的，而是隔一个多星期丢一只。不知怎么丢的。早上开鸡窝放鸡时还在，晚上回窝时就少了。文嫂到处找，也找不着。她又不能像王婆骂鸡那样坐在门口骂——她知道这种泼辣做法在一个大学里很不合适，只是一个人叨叨：“我口乃（的）鸡呢？我口乃鸡呢？……”

文嫂的女儿回来了。文嫂吓了一跳：女儿戴得一头重孝。她明白出了大事了。她的女婿从重庆回来，车过贵州的十八盘，翻到山沟里了。女婿的同事带了信来。母女俩顾不上抱头痛哭，女儿还得赶紧搭便车到十八盘去收尸。

女儿走了，文嫂失魂落魄，有点傻了。但是她还得活下去，还得过日子，还得吃饭，还得每天把鸡放出去，关鸡窝。还得洗衣服，做被子。有很多先生都毕业了，要离开昆明，临走总得干净干净，来找文嫂洗衣服，拆被子的多了。

这几天文嫂常上先生们的宿舍里去。有的先生要走了。行李收拾好了，总还有一些带不了的破旧衣物，一件鱼网似的毛衣，一个压扁了的脸盆，几只配不成对的皮鞋——那有洞的鞋底至少掌鞋还有用……这些先生就把文嫂叫了来，随她自己去挑拣。挑完了，文嫂必让先生看一看，然后就替他们把曲尺形或凹字形的单元打扫一下。

因为洗衣服、拣破烂，文嫂还能岔乎岔乎，心里不至太乱。不过她明显地瘦了。

金昌焕不声不响地走了。二十五号的朱先生叫文嫂也来看看，这位“怪现状”是不是也留下一些还值得一拣的东西。

什么都没有。金先生把一根布丝都带走了。他的凹形王国里空空如也，只留下一个跟文嫂借用的鼎罐。文嫂毫无所得，然而她也照样替金先生打扫了一下。她的笤帚扫到床下，失声惊叫了起来：床底下有三堆鸡毛，一堆笋壳色的，一堆黑的，一堆芦花的！

文嫂把三堆鸡毛抱出来，一屁股坐在地下，大哭起来。

“啊呀天呐，这是我口乃鸡呀！我口乃笋壳鸡呀！我口乃黑母鸡，我口乃芦花鸡呀！……”

“我寡妇失业几十年哪，你咋个要偷我口乃鸡呀！……”

“我风里来雨里去呀，我的命多苦，多艰难呀，你咋个要偷我口乃鸡呀！……”

“你先生是要做大事，赚大钱的呀，你咋个要偷我口乃鸡呀！……”

“我口乃女婿死在贵州十八盘，连尸都还没有收呀，你咋个要偷我口乃鸡呀！……”

她哭得很伤心，很悲痛。

她好像要把一辈子所受的委曲、不幸、孤单和无告全都哭了出来。

这金昌焕真是缺德，偷了文嫂的鸡，还借了文嫂的鼎罐来炖了。至于他怎么偷的鸡，怎么宰了，怎样退的鸡毛，谁都无从想象。

林子大了，什么鸟都有。

1981年6月6日

守望的天使

三　毛

圣诞节前几日，邻居的孩子拿了一个硬纸做成的天使来送我。

“这是假的，世界上没有天使，只好用纸做。”汤米把手臂扳住我的短木门，在花园外跟我谈话。

“其实，天使这种东西是有的，我就有两个。”我对孩子眨眨眼睛认真地说。

“在哪里？”汤米疑惑好奇地仰起头来问我。

“现在是看不见了，如果你早认识我几年，我还跟他们住在一起呢！”我拉拉孩子的头发。

“在哪里？他们现在在哪里？”汤米热烈地追问着。“在那边，那颗星的下面住着他们。”

“真的，你没骗我？”

“真的。”

“如果是天使，你怎么会离开他们呢？我看还是骗人的。”“那时候我不知道，不明白，不觉得这两个天使在守护着我，连夜间也不合眼地守护着呢！”

“哪有跟天使在一起过日子还不知不觉的人？”“太多了，大部分都像我一样地不晓得哪！”

“都是小孩子吗？天使为什么要守着小孩呢？”“因为上帝分小孩子给天使们之前，先悄悄地把天使的心装到孩子身上去了，孩子还没分到，天使们一听到他们孩子心跳的声音，都感动得哭了起来。”

“天使是悲伤的吗？你说他们哭着？”

“他们常常流泪的，因为太爱他们守护着的孩子，所以往往流了一生的眼泪，流着泪还不能擦啊，因为翅磅要护着孩子。即使是一秒钟也舍不得放下来找手帕，怕孩子吹了风淋了雨要生病。”

“你胡说的，哪有那么笨的天使。”汤米听得笑了起来，很开心地把自己挂在木栅上晃来晃去。

“有一天，被守护着的孩子总算长大了，孩子对天使说——要走了。又对天使们说——请你们不要跟着来，这是很讨人嫌的。”

“天使怎么说？”汤米问着。

“天使吗？彼此对望了一眼，什么都不说，他们把身边最好最珍贵的东西都给了要走的孩子，这孩子把包袱一背，头也不回地走了。”

“天使关上门哭着是吧？”

“天使们哪里来得及哭，他们连忙飞到高一点的地方去看孩子，孩子越走越快，越走越远，天使们都老了，还是挣扎着拼命向上飞，想再看孩子最后一眼。孩子变成了一个小黑点，渐渐地小黑点也看不到了，这时候，两个天使才慢慢地飞回家去，关上门，熄了灯，在黑暗中静静地流下泪来。”“小孩到哪里去了？”汤米问。

“去哪里都不要紧，可怜的是两个老天使，他们失去了孩子，也失去了心，翅膀下没有了要他们庇护的东西，终于可以休息休息了。可是撑了那么久的翅膀，已经僵了，硬了，再也放不下来了。”

“走掉的孩子呢？难道真不想念守护他的天使吗？”“啊！刮风、下雨的时候，他自然会想到有翅膀的好处，也会想念得哭一阵呢！”

“你是说，那个孩子只想念翅膀的好处，并不真想念那两个天使本身啊？”

为着汤米的这句问话，我呆住了好久好久，捏着他做的纸天使，望着黄昏的海面说不出话来。

“后来也会真想天使的。”我慢慢地说。

“什么时候？”

“当孩子知道，他永远回不去了的那一天开始，他会日日夜夜地想念着老天使们了啊！”

“为什么回不去了？”

“因为离家的孩子，突然在一个早晨醒来，发现自己也长了翅膀，自己也正在变成天使了。”

“有了翅膀还不好，可以飞回去了！”

“这种守望的天使是不会飞的，他们的翅膀是用来遮风蔽雨的，不会飞了。”

“翅膀下面是什么？新天使的工作是不是不一样啊？”“一样的，翅膀下面是一个小房子，是家，是新来的小孩。是爱，也是眼泪。”

“做这种天使很苦！”汤米严肃地下了结论。

“是很苦，可是他们以为这是最最幸福的工作。”汤米动也不动的盯住我，又问：“你说，你真的有两个这样的天使？”

“真的。”我对他肯定地点点头。

“你为什么不去跟他们在一起？”

“我以前说过，这种天使们，要回不去了，一个人的眼睛才亮了，发觉原来他们是天使，以前是不知道的啊！”“不懂你在说什么！”汤米耸耸肩。

“你有一天大了就会懂，现在不可能让你知道的。有一天，你爸爸妈妈——”

汤米突然打断了我的话，他大声地说：“我爸爸白天在银行上班，晚上在学校教书，从来不在家，不跟我们玩；我妈妈一天到晚在洗衣煮饭扫地，又总是在骂我们这些小孩，我的爸爸妈妈一点意思也没有。”

说到这儿，汤米的母亲站在远远的家门。高呼着：“汤米，回来吃晚饭，你在哪里？”

“你看，啰不啰嗦，一天到晚找我吃饭，吃饭，讨厌透了。”汤米从木栅门上跳下来，对我点点头，往家的方向跑去，嘴里说着，“如果我也有你所说的那两个天使就好了，我是不会有这种好运气的。”

汤米，你现在不知道，你将来知道的时候，已经太晚了。

番表——在火车上

老 舍

我俩的卧铺对着脸。他先到的。我进去的时候，他正在和茶房捣乱；非我解决不了。我买的是顺着车头这面的那张，他的自然是顺着车尾。他一定要我那一张，我进去不到两分钟吧，已经听熟了这句：“车向哪边走，我要哪张！”茶房的一句也被我听熟了：“订的哪张睡哪张，这是有号数的！”只看我让步与否了。我告诉了茶房：“我在哪边也是一样。”

他又对我重念了一遍：“车向哪边走，我就睡哪边！”“我翻着跟头睡都可以！”我笑着说。

他没笑，眨巴了一阵眼睛，似乎看我有点奇怪。

他有五十岁上下，身量不高，脸很长，光嘴巴，唇稍微有点包不住牙；牙很长很白，牙根可是有点发黄，头剃得很亮，眼睛时时向上定一会儿，像是想着点什么不十分要紧而又不愿忽略过去的事。想一会儿，他摸摸行李，或掏掏衣袋，脸上的神色平静了些。他的衣裳都是绸子的，不时髦而颇规矩。

对了，由他的衣服我发现了他的为人，凡事都有一定的讲究与规矩，一点也不能改。睡卧铺必定要前边那张，不管是他订下的不是。

车开了之后，茶房来铺毯子。他又提出抗议，他的枕头得放在靠窗的那边。在这点抗议中，他的神色与言语都非常的严厉，有气派。枕头必放在靠窗那边是他的规矩，对茶房必须拿出老爷的派头，也是他的规矩。我看出这么点来。

车刚到丰台，他嘱咐茶房：“到天津，告诉我一声！”

看他的行李，和他的神气，不像是初次旅行的人，我纳闷为什么他在这么早就张罗着天津。又过了一站，他又嘱咐了一次。茶房告诉他："还有三点钟才到天津呢。"这又把他惹翻："我告诉你，你就得记住！"等茶房出去，他找补了声："混账！"

骂完茶房混账，他向我露了点笑容；我幸而没穿着那件蓝布大衫，所以他肯向我笑笑，表示我不是混账。笑完，他又拱了拱手，问我："贵姓？"我告诉了他；为是透着和气，回问了一句，他似乎很不愿意回答，迟疑了会儿才说出来。待了一会儿，他又问我："上哪里去？"我告诉了他，也顺口问了他。他又迟疑了半天，笑了笑，定了会儿眼睛："没什么！"这不像句话。我看出来这家伙处处有谱儿，一身都是秘密。旅行中不要随便说出自己的姓、职业与去处，怕遇上绿林中的好汉，这家伙的时代还是《小五义》的时代呢。我忍不住地自己笑了半天。

到了廊坊，他又嘱咐茶房："到天津，通知一声！""还有一点多钟呢！"茶房瞭了他一眼。

这回，他没骂"混账"，只定了会儿眼睛。出完了神，他慢慢地轻轻地从铺底下掏出一群小盒子来：一盒子饭，一盒子煎鱼，一盒子酱菜，一盒子炒肉。叫茶房拿来开水，把饭冲了两过，而后又倒上开水，当作汤，极快极响地扒搂了一阵。这一阵过去，偷偷地夹起一块鱼，细细地咂，咂完，把鱼骨扔在了我的铺底下。又稍微一定神，把炒肉拨到饭上，极快极响的又一阵。头上出了汗。喊茶房打手巾。吃完了，把小盒中的东西都用筷子整理好，都闻了闻，郑重地放在铺底下，又叫茶房打手巾。擦完脸，从袋中掏出银的牙签，细细地剔着牙，剔到一段落，就深长饱满地打着响嗝。

"快到天津了吧？"这回是问我呢。

"说不甚清呢。"我这回也有了谱儿。

"老兄大概初次出门？我倒常来常往！"他的眼角露出轻看我的意思。

"嗳，"我笑了，"除了天津我全知道！"

他定了半天的神，没说出什么来。

查票。他忙起来。从身上掏出不知多少纸卷，一一地看过，而后一一地收起，从衣袋最深处掏出，再往最深处送回，我很怀疑是否他的胸上有几个肉袋。最后，他掏出皮夹来，很厚很旧，用根鸡肠带捆着。从这里，他拿出车票来，然后又掏出个纸卷，从纸卷中拣出两张很大，盖有血丝胡拉的红印的纸来。一张写着——我不准知道——像蒙文，那一张上的字或是梵文，我说不清。把车票放在膝上，他细细看那两张文书，我看明白了：车票是半价票，一定和那两张近乎李白醉写的玩意有关系。查票的进来，果然，他连票带表全递过去。

下回我要再坐火车，我当时这么决定，要不把北平图书馆存着的档案拿上几张才怪！

车快到天津了，他忙得不知道怎好了，眉毛拧着，长牙露着，出来进去地打听："天津吧？"仿佛是怕天津丢了似的。茶房已经起誓告诉他："一点不错，天津！"他还是继续打听。入了站，他急忙要下去，又不敢跳车，走到车门又走了回来。刚回来，车立定了，他赶紧又往外跑，恰好和上来的旅客与脚夫顶在一处，谁也不让步，激烈地顶着。在顶住不动的工夫，他看见了站台上他所要见的人。他把嘴张得像无底的深坑似的，拼命地喊："凤老！凤老！"

凤老摇了摇手中的文书，他笑了；一笑懈了点劲，被脚夫们给挤在车窗上绷着。绷了有好几分钟，他钻了出去。看，这一路打拱作揖，双手扯住凤老往车上让，仿佛到了他的家似的，挤撞拉扯，千辛万苦，他把凤老拉了上来。忙着倒茶，把碗中的茶底儿泼在我的脚上。

坐定之后，凤老详细地报告：接到他的信，他到各处去取文书，而后拿着它们去办七五折的票。正如同他自己拿着的番表，只能打这一路的票；他自己打到天津，北宁路；凤老给打到浦口，津浦路；京沪路的还得另打；文书可已经备全了，只须在浦口停一停，就能办妥减价票。说完这些，凤老交出文书，这是津浦路的，那是京沪路的。这回使我很失望，没有藏文的。张数可是很多，都盖着大红印，假如他愿意卖的话，我心里想，真想买他两张，存作史料。

他非常感激凤老，把文书车票都收入衣服的最深处，而后从枕头底下搜出一个梨来，非给凤老吃不可。由他们俩的谈话中，我听出点来，他似乎是司法界的，又似乎是做县知事的，我弄不清楚，因为每逢凤老要拉到肯定的事儿上去，他便瞭我一眼，把话岔开。凤老刚问到，唐县的情形如何，他赶紧就问五嫂子好？凤老所问的都不得结果，可是我把凤老家中有多少人都听明白了。

最后，车要开了，凤老告别，又是一路打拱作揖，亲自送下去，还请凤老拿着那个梨，带回家给小六儿吃去。

车开了，他趴在玻璃上喊：“给五嫂子请安哪！”车出了站，他微笑着，掏出新旧文书，细细地分类整理。整理得差不多了，他定了一会儿神，喊茶房：“到浦口，通知一声！”

抱怨不如改变

尹玉生

在最近一次从苏黎世到纽约的飞行途中，我和一位投资商相邻而坐。随着我们交谈的深入，我得知，他在投资一家规模很小的科技公司时，投入了很多资金，却收益甚少。他告诉我，他被那家科技公司的老板气得要吐血了，在整个飞行过程中，他没完没了地抱怨着。我问投资商，那个科技公司的家伙令他心烦意乱有多长时间了。“好多个月了！”他愤愤地回答道。

事实上，坐在我身边的这个男人，是一位拥有数百万美元的富翁，在瑞士有一栋富丽堂皇的高档别墅，有一位贤淑而美丽的妻子，有3个可爱的孩子。但这些足以羡煞世人的诸多福分，一个小公司的小老板轻而易举地就给他抹掉了，留在他脑中的全是挥之不去的无尽烦恼。

其实，我们绝大多数人都会有过类似的经历。一件事情，一个人就能令我们长时间地烦恼，使我们沉浸于懊恼和悲伤中不能自拔。特别是当那个令我们烦恼的人还是一个不会体谅别人、不懂得领情、不会自省的人的时候，情况就会更加糟糕。

有一则古老的寓言，或许可以给我们一些启示。有一个年轻的农夫，划着小船，给另一个村子的居民运送自家的农产品。那天的天气酷热难耐，农夫汗流浃背，苦不堪言。他心急火燎地划着小船，希望赶紧完成运送任务，以便在天黑之前能返回家中。突然，农夫发现，前面另外一只小船，沿河而下，迎面向自己快速驶来。眼见着两只船就要撞上了，但那只船并没有丝毫避让的意思，似乎是有意要撞翻农夫的小船。

“让开，快点让开！你这个白痴！”农夫大声地向对面的船吼叫道，

“再不让开你就要撞上我了！”但农夫的吼叫完全没用，尽管农夫手忙脚乱地企图让开水道，但为时已晚，那只船还是重重地撞上了他。农夫被激怒了，他厉声斥责道：“你会不会驾船，这么宽的河面，你竟然撞到了我的船上？！”当农夫怒目审视对方小船时，他吃惊地发现，小船上空无一人。听他大呼小叫，厉言斥骂的只是一只挣脱了绳索、顺河漂流的空船。

在多数情况下，当你责难、怒吼的时候，你的听众或许只是一艘空船。那个一再惹怒你的人，决不会因为你的斥责而改变他的航向。

当然，你完全不必转而去讨好这个人，也没必要和他达成一致意见，甚至你继续厌烦他也都无妨。但你一定要清楚，不能让他制造的麻烦转变成你的烦恼。无论你为此多么愤怒，他不会为你而失眠的。如果因为他的过错而使你陷入无尽的烦闷悲伤之中，你就成了唯一一个受到伤害的人，而且，是你自己在强化这种伤害的深度和长度。

我提醒我的邻座乘客，他的责备从更深一层理解，其实是在责备自己用人不察，判断失误，从而在此次投资项目上，作出了一个错误的决定。经过认真思考之后，他认同了我的看法：“这次确实是我决策失误。这么多天来，最让我恼怒的人，其实是我自己。”

但是，恼恨自己，和恼恨那个科技公司的小老板一样，全都徒劳无益，于事无补。我提醒他，尽管犯了这次错误，他依然是一个非常成功的商人，重要的是应该从这次失败的商业活动中吸取教训，总结经验。

在飞行即将结束时，他已经决定，终止损失，卖掉那家科技公司，重新开始。

不需注释的生命

祝 勇

曾经觉得，注释是那般重要。记得有一次，一位年轻的朋友在编辑一位美国著名汉学家有关中国文化的专著时，将书后十几万字的注释全部删去，令我那么的心疼。我对他说，作者在那些注释里面凝结的心血，并不比他行文中的少啊。没有了注释，这本书将不再完美。

红尘素居，碌碌诸事中，有的时候，我们是那么的需要一些注解，不论是注释自己，还是注释周围的人，注释整个世界。孩提时我们总是缠着妈妈问十万个为什么，就是在寻求着世界的注解。而当妈妈坐在我们的睡榻旁，安详地为我们一一作了解答，我们才能心满意足地，带着一丝微笑睡去。

诗人以“离人心上秋”来注释“愁”，以“黄鸡紫蟹堪携酒，红树青山好放船”来注释“乐”，以“秋风吹不尽，总是玉关情”来注释“思”，以“一叫千回首，天高不为闻”来注释“痛”，而我们在一个春天芳香的夜晚开始伏案写下的日记，亦是对自己生命的注释啊。

我们已经习惯于给自己的生命一个解释。我们汲取知识，是因为我们需要聪慧的大脑，我们锻炼身体，是因为世界等着我们去创造，我们种花莳草，是因为它们的枝脉可以染绿我们的心灵，我们夜夜做梦，是因为我们瑰丽的幻想在夜晚也要接力奔跑……

而每当做错一件事情，我们又总是百般地想给对方一个解释，通过对自己行为的注解，来赢得一点点的谅解，以及内心的安宁。

可是啊，我亲爱的朋友，有的时候，我们是不需要注释的，不论是我们的思想，还是我们的行为。沉默中，心有灵犀的人自能心领神会，而心律不同者即便你费尽口舌他仍会恍然不知。

相传世尊一日在灵山会上，拈一枝金婆罗花示众。时众皆默然，不得其要领，只有迦叶尊者破颜而笑，于是佛祖便将其“正法眼藏，涅槃妙心，实相无相，微妙法门”传给了迦叶。禅宗《无门关》第六则记载的这段“拈花一笑”的著名公案，是那么的令人心动。而目不识丁的六祖慧能一听无尽藏比丘尼诵念《大殿涅经》便知其中妙义的故事，亦是那样传神。

禅宗讲求“不立文字”，“以心传心”，而在我们的现实生活中，不需彼此注释而“心有灵犀一点通”，该是一个多么动人的境界啊！

俞伯牙摔琴谢知音，没必要诠释自己;管宁割席与友断交，亦毋须多言一句。最钦佩古时话本里那些特立独行，从不多言的英雄。大漠孤烟，夜黑风高，他们或杀身取义，或拔刀助友，绝不多说一句，从来不为自己的所作所为加上一段长长的注解。待血迹擦干，宝剑入鞘，是朋友，自会相视一笑。好汉武松本可不上景阳岗的，可他偏向虎山行;刺配二千里外的孟州，一路上本有机会逃跑，可他宁肯将松下的木枷重新戴上，把封皮贴上，一步步自投孟州而来……不解者，百思不解;知其心者，自会竖起拇指，由衷地叫一声:“好！”

还有爱情，自古以来就令人“辗转反侧，寤寐思服”的爱情，更是不需要注解，也没有注解的。就像一首歌中唱的:“爱，不需要任何理由，就像你，注定跟我走。’’我读书时曾结识一位从意大利米兰来中国留学的小姐，她在意大利学习了四年中国历史，又到中国研究古典文学，能写精美的绝句，曾令我惊叹不已。多年以后，我看电视，才知道她嫁给了大学的一位锅炉工。记者问她为什么嫁给一位中国的锅炉工，我就觉得这是一个愚蠢的问题。没有为什么，“不要问，不要说，一切尽在不言中”。屏幕上她为专心读书的丈夫扇扇子的情景，令我万分感慨。想起征婚广告中那么多比工程设计还要精确的择偶要求，我真的怀疑这样是否可以寻到真正的爱情。

言传是必要的，可意会却是更高的境界。当我们温柔相对，让我们什么都别说，因为一切的解释，一切的评说，都有可能使我们之间的那汪意境褪色……